萬事問培根

你的人生煩惱，塵世哲學家有解方

ESSAYS OF FRANCIS BACON

FRANCIS BACON

法蘭西斯・培根——著　談瀛洲——譯

目次 Content

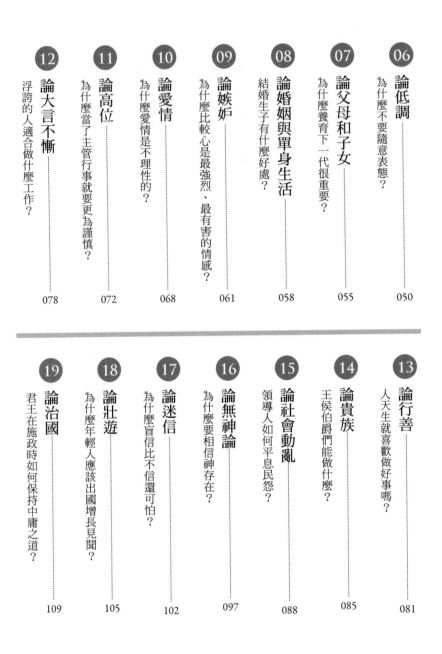

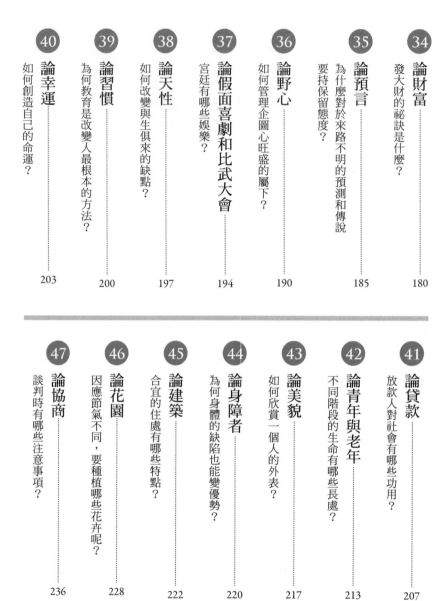

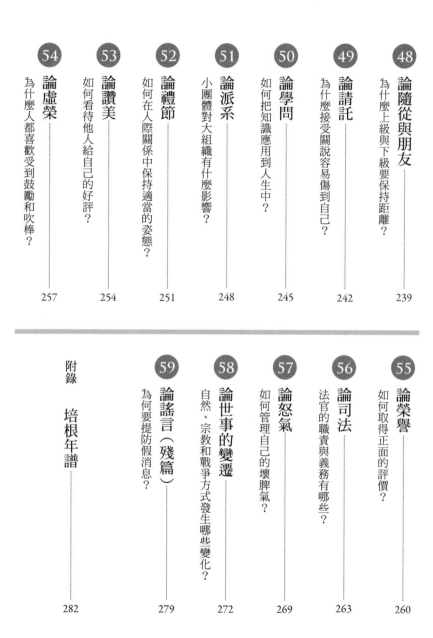

推薦序

跟著培根智慧的洞察與傳神的比喻，重新反思人生與人性

華梵大學哲學系教授／**冀劍制**

多年前的某一天，我目睹了兩個社經地位很高的大人吵架，互相斥責對方說謊，並且怒氣衝天地對自己被指控說謊一事喊冤。兩人一直以來都以高品格自居，還常批評他人不道德。但是，由於我知道許多內情，便能從他們理直氣壯的口氣中看見謊言漫天飛舞。然而，只要仔細想一想就知道，這個謊話連篇的社會現象並不特別。大概從人類開始群聚的幾千年前就開始了。然而，為什麼被人們道德觀所排斥的謊言卻充斥在社會中呢？

十七世紀初，英國哲學家培根在這本書的〈論真理〉篇章中分析出關鍵要素。「人事實上是喜歡謊言的。」原因是，「謊言可以帶給人們快樂。」

然而，如果真是如此，帶給人們快樂不是很好嗎？為何我們不乾脆張開雙手擁抱謊話的社會，反而要排斥它呢？培根的回答是，「謊言就像魔鬼的酒。」意

思是說，謊言所帶來的快樂，就像跟魔鬼交易一般，要付出更高的代價。它就像人生中的毒品，雖然可以帶來短暫、虛幻的快樂，但卻後患無窮，就像用未來更大的痛苦換取當下的快樂。這自然是個不智之舉。所以培根主張，唯有擁抱真理，才能獲得人生中真正的快樂。就以那兩位社經地位頗高的大人來說，當謊言在眾人間互被揭穿的瞬間，以及謊言在內心糾結的時刻，都無法獲得安寧。

培根這本書最主要的特點，除了能在一般大眾看不見的深度發覺問題關鍵核心之外，他還經常能夠用像是「魔鬼的酒」的比喻，以深入人心的傳神方式，將其觀點描繪出來。就像培根被廣為流傳的名言：「知識就是力量。」簡單有力地點出知識最主要的價值，並深植人心。

雖然培根這些觀點已經歷時好幾百年，到了現代，社會與文化已有很大的轉變，但人心不變，仍然能夠協助我們反思，看清人心、人生、與許多依然不變的社會現象。

舉例來說，他除了對謊言的深入解析，也探討人們的情感。透過哲學家的獨到見解，一針見血地指出人們看不見、或容易忽略的部分，協助我們內觀反思，更加了解自我。像是嫉妒、愛情、狡詐、猜疑、虛榮以及怒氣等等。

以眾人最熟悉的愛情來說，培根指出，「愛人是最大的馬屁精。即使是最自傲的人想他自己，也沒有愛人把他所愛的人想得那麼好。」這段話深刻指出愛情中奇特的非理性現象。而且事實上，馬屁精大多知道自己在說謊，但這種愛人的馬屁精卻陶醉於自己所建構的幻想世界中不願反思，甚至還真以為是事實。透過這種精彩的描繪，我們更加看清愛情的盲目。於是，當我們陷入熱戀並要做出重大決定時，內心的理性之光就容易照耀自己，當意識返回理性，就能啟動深思，看清一切，或至少願意認真聽聽他人意見。

除了人性，培根也思索了人類世界的各種產物，像是在〈論利己的聰明〉這個章節中，他提到一個精彩的比喻，「有些僕人為了烤熟自己的幾顆雞蛋，卻放火把主人的房子燒了。」這是由於眼中只有自己，完全無視他人，於是可以為了自己的一點點利益，冒著嚴重危害他人的風險處事。

這樣的人無論在古代或現代，確實一直存在著，也一直為社會帶來嚴重的傷害。然而，培根還進一步談到一項可怕的事實，「這些人常常受主人的信任，因為他們處心積慮地討好主人。」雖然現代社會已經很少有這種主僕關係，但是，這種被培根所描繪的現象並沒有改變。在職場，極端自私並且很會討好上司的人，可能做出為了自己的小小利益卻危害整個公司的事情。但這些人往往獲得上司的信任，並藉此不斷掠奪公司資源。在資本主義時代，極端自私而且很會討好消費者的商人，透過可能嚴重危害社會的不當方式獲取大量利益。但他們很懂得如何討好大眾，因此仍大受歡迎。在民主時代，極端自私而且很會討好群眾的政客，也獲得人民的信任與愛戴，並藉機獲取並濫用權力，為了個人小小利益而可能導致社會極大的危害。即使知道這種危害的可能性，他們也不為所動，因為這些人眼裡只看得見自己的利益。

然而，培根不僅要我們當心不要誤信這類人，他也對這類人提出警告，尤其針對正在享受不當利益而還沒出大事的人們，以及未來有可能走上這條路的人。培根說，「這些人往往沒有好的下場。」為什麼呢？培根雖然沒有明說，但仔細看看那些夜路走多而終於東窗事發的例子，一夕之間身敗名裂，怎能不叫人搖頭嘆息呢？

這本書也再一次地為培根那句流傳於世的名言「知識就是力量」做了完美的註解。不僅正確的知識能帶給我們力量，虛假的認知，也一樣具有力量，但這力量卻往往是破壞性的。誤信政治人物而投他一票；誤信不良商人而培植他們壯大；誤信不良員工而導致公司陷入危機。這些警示，不僅在幾百年前有效，當今時代似乎更為明顯。如何累積正確的知識與有效的思維來避免危害發生，是人生中一項事關重大的事情。仔細閱讀這本書，可以從中攝取避免禍害的成長養分。

推薦序

讓哲學家帶你認識環環相扣的生活概念

哲學新媒體專欄作家／邱獻儀（Lynn）

培根對科學方法論的貢獻使得他在哲學史上佔有一席之地，而這本面向一般大眾撰寫的散文集，也向世人展示了他對萬事萬物的經驗考察與研究成果。

作為一個哲學研究者，老實說，還真的從不知道培根竟寫過這樣一本具有哲學普及性質的讀物。而作為一個哲學普及的推廣者，在閱讀本書時也不得不佩服培根的敘事文采，他讓他的經驗智慧讀來躍然紙上、栩栩如生、還帶著令人發噱的幽默筆調，就像他正親自與讀者說話。

不過讀者可別誤會了，本書雖帶有哲普性質，但並不是一本討論哲學研究的書，其內容和題材都是些日常生活的重要概念，像是愛情、朋友、忌妒、花費等等。但是又與一般心靈雞湯式的生命經驗分享有很大的不同，因培根在本書中透過有條理地分析，加上大量的旁徵博引、舉例說明，來提供他對生活與人生的見解。換言之，他想要帶給讀者的並不只是他的生活經驗分享而已，更多的是希望能說服讀者、取信讀者，讓這些「道理」真正發揮影響，為讀者帶來不僅是心靈上的滿足，更有實際上的效益。

如何能達到此目標呢？培根會根據主題，提供他個人還有古今中外賢德者（有時則是作為負面示範）的觀察與經驗分享。此外，他還會進一步討論相關的重要概念。舉例來說，在〈論拖延〉這篇中，他主要解釋的概念是「時機」，這是由於要了解到拖延為何不是美德，須得認識到什麼是恰當時機，進而可讓讀者了解拖延的問題在哪。在討論特定主題時，培根會帶入涉及的關鍵概念群分析，這樣的論述方法能夠很全面地呈現該主題應思考的問題，並引介出相關的因果關聯。因此，讀者能夠藉由這種全面性的介紹——對討論主題的正面思索與可能的負面結果之呈現——跳脫對該主題的既定思考，進而看到這個議題的全貌。這樣的閱讀經驗是令人驚喜的，因為讀者能夠從這樣的討論中獲取不同的、甚至極具啟發性的新觀點。

培根的這種論理風格，相當適合一般大眾讀者：要理論有理論，要證據有歷史小知識，要應用則有（當時）生活中的舉例說明來幫助理解。培根這本論文集的優點還不只如此，他常常會在主題討論之間或之後，提供具體實踐的步驟和方法。不誇張，真的就是一個步驟一個步驟，一個方法再一個方法地告訴讀者，要如何才能達成目標。所以說，培根真的是非常誠心誠意地希望能夠幫助讀者面對可能的生活難題。

這些難題很全面，其中包含了比較抽象的重要概念，像是真理、死亡、人性與善等，還有日常生活中一定會碰到的道德倫理主題，如禮節、虛榮、友誼、花費、怒氣等等。另外還有一類是上位者才會碰到的難題：王國與國家的真正強大、殖民地、司法等。由此可知，培根當初設定的主要讀者是中產階級以上、甚至是手握權力的政府官員或王公貴族。雖然如此，讀者還是能透過培根對於如何治理國家的見解，轉而應用到其他場域，像是上對下的職場，或把對貴族的討論，替換成網路上的意見領袖。

當然，有些篇章囿於培根那時的文化背景，大概不容易運用於現代社會，甚而有些言論在當今的眼光看來可能並不正確，譬如女人較易怒、種麥比種稻容易等需要更多科學研究佐證的意見。

嚴格來說，本文集內容沒有太多嚴肅的哲學論證，有的只是上述那些能夠讓讀者讀得下、能理解、可做到的清晰指引，當中還夾雜著培根式的個人幽默與經驗分析，因而是一本能夠很順暢地讀完（每篇大約都只有一兩千字的無負擔閱讀），又易於引發反省（而不只是思考）。培根的文字不時故意用諷刺的語氣來寫，在閱讀的過程中嘴角上揚之餘，也很難不去想到讀者自己——這不就是在說我嗎？因而也很容易對應到自己生活周遭的人事物，進而更能理解培根的闡述重點。

培根這本書中，有像是〈論學問〉這種對學者的當頭棒喝，分析得頭頭是道；有〈論婚姻與單身生活〉這類帶有模稜兩可的建議，需要細細品味；〈論預言〉這種則需要歲月的沉澱才容易體會；〈論假面喜劇與比武大會〉則因時代差異需要將其變換成當今的藝術表演，來進行與時俱進的變通閱讀；而對園藝毫無興趣的人，則只能把〈論花園〉這種一生當中可能永遠碰不到的內容，當作是有趣的獵奇經驗來看。更多的，則是像〈論怒氣〉這一類歷久彌新的睿智篇章。

平易近人的風格與豐富的主題，加上不落俗套的有趣見解，讓本書成為適合帶著反省與思考的心靈來品味其文字的書。更是在人生面臨重大事件前後、不同年齡階段來閱讀時，都能帶來啟發的好書。

導讀

塵世的智慧：誰能描繪出他的心靈

談瀛洲

一五九七年，培根在他三十六歲的時候，出版了他的《隨筆集》（*Essays*）第一版，當時這本書還只有十篇，是一部很短小的書。書名來源於法國散文家蒙田出版於一五八〇年的《隨筆集》（*Essais*）。

將這部散文集稱為Essays是培根的自謙。因為這個詞在法語裡的原義是「嘗試」，也許可以譯為「試筆」。他的意思是，我這些文章裡的想法並不成熟，只是些嘗試性的探索與思考。但其實培根不斷地在對他的《隨筆集》進行修改和擴寫。一六一二年，在他五十一歲的時候，他出版了修改、擴寫的《隨筆集》第二版，共三十八篇。

一六二五年，培根六十四歲時，他又出版《隨筆集》經過再次擴寫的第三版，共五十八篇。再過一年他就去世了。如果再活十年的話，他也許還會再出版一個經過增補的版本。一六二五年最後一版的五十八篇，加上他沒有完成的一個殘篇《論謠言》，就是現在一般通行的培根《隨筆集》的內容了。

培根寫作的特點之一，就是他的作品，是在不斷的緩慢成長過程中完成的。他的其他著作也有不斷修改、增補的情況，比如他的《論學術的推進》一書。所以，《隨筆集》其實凝聚了他一生的經驗和思考，是他的苦心經營、深思熟慮之作。

高度濃縮的智慧箴言

培根的《隨筆集》雖然書名來源於蒙田，但他的寫作風格，又和蒙田有許多不同。蒙田的文筆比較細密、散漫，也許可以說囉唆。蒙田的《隨筆集》有三卷和一百零七章，厚厚的一大本，篇幅比培根要大得多。蒙田的筆鋒帶有比較多的個人情感，他還喜歡講一些小故事，然後引出一個哲理，故他的寫作方法有時被人稱作「軼事主義」。而培根的《隨筆集》經過兩次擴寫最終也只有五十八篇，加一篇殘篇也只有五十九篇，譯成中文約十一萬字，是一本較薄的小書。

當然，根據書的長短來判斷書的價值，是一種淺薄的行為。培根《隨筆集》裡的文章都是比較短小的，但是在翻譯的時候卻感覺文筆很密，有時簡直密得叫人透不過氣來。這種密的感覺，來源於意義和思想的濃縮。因為培根的文字，是高度濃縮的文字，差不多每一句都可以當作箴言。

培根和他所生活的那個時代，對格言有特別的愛好。培根自己在晚年，還寫了一本《新舊格言集》(*Apophthagmes New and Old*)。《隨筆集》一書也充滿了格言，所以是一部高度濃縮的書。

一五九七年版的《隨筆集》，有極頻繁的分段。一六一二年版，也有較頻繁的分段（見維克斯〔Brian Vickers〕所編的，一九九九年牛津世界名著版《隨筆集》的附錄一與附錄二）。所以，我利用譯者的權利，也為了適應培根文體的格言性特點，多給它分了一些段。這也使得讀者在閱讀時，可以得到更多視覺上的休息，並得到更多時間去思考、咀嚼培根凝練的文字。

我覺得，最喜歡讀《隨筆集》的肯定是中年人。他們會覺得相見恨晚，因為中年人有人生經驗，知道培根話中的價值。

但最該讀《隨筆集》的是青年人。早讀培根的話，人生也許可以少走一些彎路。但遺憾的是，他們常常不願讀，因為青年人喜歡自己從生活中獲取經驗。

簡潔是智慧的靈魂

和蒙田不同的是，培根寫作時筆鋒不帶個人情感。和謳歌愛情的詩人和小說家們不一樣，對他來說，愛情這種私人情感很麻煩，常常會妨礙工作，限制事業的發展。所以他在《論愛情》一文中寫道：「比起人生，愛情對戲劇的貢獻更大……在人生中，愛情有時像魔女塞壬，有時像復仇女神，造成不少的禍害。」也就是說，愛情更適合於文學藝術，在真實的人生中，它使人發狂、失去理性。還有人會由愛生恨，瘋狂迫害對方。當然，培根的這個觀點，為生活中的許多事都可以證明。

培根的筆觸就像政治家、法律家和哲學家一樣。用中國的成語來說，他的文筆就像是「老吏斷獄」(從他的職業特色來說，培根正好又是法律界人士)，或者說是「一棒一條痕，一摑一掌血」。而我呢，更習慣詩人和小說家的感性筆觸，所以剛開始翻譯的時候，覺得這種文字的性情和我有些不合，慢慢地才被培根文字的那種睿智和邏輯性所打動，進入他的藝術世界中去。

培根的隨筆，是以思想或文中包含的真理取勝，而不是以華麗的辭藻、精巧繁複的句子結構等取勝。作為一名大學問家，他在寫作時很控制文采，所以他英文裡的大詞（由很多字母組成，源起於法語、拉丁語或希臘語）用得少，小詞（由較少字母組成，源起於盎格魯—撒克遜人）用得多；句子結構也相對簡單。

有一批人懷疑莎士比亞的劇本不是本人所寫，而是出自培根之手。在翻譯了《隨筆集》後，我覺得這完全不可能。因為用詞、造句的習慣，作家不可能隨更改。

培根下筆簡潔、高度自制，莎士比亞則比較囉唆、下筆不能自休。後者還喜歡用大詞、雙關語和複雜的句式，這些特點培根都沒有。同時代人如班．瓊生（Ben Jonson）就抱怨過莎士比亞這一點。

但培根也常常忍不住要賣弄學問。他喜歡旁徵博引，一會引一句《聖經》，一會來一句拉丁文，還提到許多古希臘和羅馬人的事蹟。在文藝復興時期，文學創作有這類風格和特點。他們認為跟古代有關的知識很有價值，得時時拿出來賣弄一下。在翻譯時，這點真是很讓人頭大，但最後我也只能耐著性子，一條條地做注解。

而莎士比亞呢，寫了取材於古羅馬和古希臘的劇本（有人抱怨他的羅馬人很像他那個時代的英國人）外，很少引用拉丁文、希臘文，所以瓊生批評說，他對這兩種古代語言懂得太少。莎士比亞也很少引用《聖經》。在這兩方面他都跟培根很不一樣。

培根：經世之才與生活藝術家

這本《隨筆集》還有一個特點，就是這本書裡許多篇目，其實是為君主而寫的，是向君主提的建議。從這意義上來說，他又繼承了馬基維利的《君王論》的傳統。在《隨筆集》裡，像第十五篇《論社會動亂》、第十九篇《論治國》、第二十篇《論建言》、第二十九篇《論富國強兵》、第三十六篇《論野心》、第四十一篇《論貸款》等都是。

培根有為學之才，也有經世之才。這兩種才能並而有之的人很少。他本人也一直有經世致用的強烈願望。所以他會在著名的《論學問》篇中寫道：「在學問上費時過多，乃是懶惰。」因為在他看來，人在學問上費時過多，則必然沒時間積極參與社會活動，事實上就是在逃避對社會的責任。

培根很重視經世，對他來說，純粹的書齋之學無用。學問固然要有，但怎麼應用，是一門更高的學問，而且不能從書上得來，要從觀察和實踐中得來。

他在《隨筆集》裡給君主們提的建議，在坦率的程度上，有的時候也可以與《君王論》媲美。比如說，該怎麼對付發動叛亂的領頭人物？他這樣建議道：「要麼把他拉攏過來，使之誠心地歸順國家，要麼在他的同黨中扶植一人與他爭衡，分散他的號召力。」（《論社會動亂》）

培根常常以實事求是的態度，討論一些問題，包括政治。他提出的解決方法，從今天來看拿不上檯面，不是很符合道德，但他從來不唱高調，這也是文藝復興時期的作品的特點。

在第二十七篇《論友誼》裡面，培根寫的現象至今仍沒變，那就是在大城市中的孤獨。而這種孤獨的來源，不是人口少，而是缺乏愛：「人們成群結隊，但這裡沒有愛，他們並非你的夥伴。他們有各色各樣的面孔，看起來像是人物畫像。有各種說話的聲調與口音，聽起來就像是嘈雜的鑼鈸。」

即便在談論友誼這個題目，培根也沒有忘記君主。他指出，和常人一樣，君主也需要友情，不過他們身居高位，朋友有時會帶來很大的麻煩，甚至危險。以君主的基本特質來看，交朋友很容易出問題。他們容許宮廷中有「寵臣」，不覺得有什麼不對之處，也不從道德的角度加以譴責。

從很多方面來看，這本《隨筆集》為君王而寫的。培根常常在思考，坐在高位的人會面臨哪些問題和處境。也許他在寫此書時，頭腦中想像的讀者就包括伊莉莎白一世和詹姆士一世。

除了關心政治、經濟、軍事和司法等方面的問題外，培根還關心生活藝術。這也是文藝復興時期學者的特點：興趣無所不包。因此在《隨筆集》裡，第三十七篇是《假面喜劇和比武大會》、第四十五篇為《論建築》、第四十六篇則是《論花園》。即便在這種時候，培根也沒有忘記君主：即興喜劇和演武會是當時宮廷裡的主要娛樂。他所討論的建築，不是普通人的居所，而是帝王的宮室。他設想的花園，也是「真正適合於君主的」花園。

所以，培根並不關心抽象問題，並非我們以為的哲學家。他對這個世界的認知非常詳細而具體。他十分了解植物，所以在《論花園》一文中，有說明如何照顧。他特別指出，在溫室種橙樹和檸檬樹，它們在冬天才能得到溫暖。

在他所設想的花園中，「一年四季如春」，每個月都要有可欣賞的花或者是果實，為此他特別列出，在倫敦的氣候下，每個月可以觀賞哪些植物。甚至於走在花園中、腳下會踩到哪些植物，他也有特別的指示：「有三種植物不會自然發出香味，而是被人踩踏並壓碎，才會釋放出悅人的香氣，即小地榆、野百里香和水生薄荷。因此，你應該在園中小徑上種滿這些植物，以便在散步或踩踏時享受花香。」由此可見，培根真是生活藝術家。可惜他沒有寫到衣著，不然肯定也會說出許多道理來。

「他的語言有種甜美而莊嚴的節奏。」

培根的寫作風格還有一個特色，那就是他喜歡用三聯句，也就是連續用上三個結構相同的句子，比如在《論學問》中有句名言：

> 閱讀充實內在，談話培養反應力，寫作讓思緒更清晰。（Reading maketh a full man; conference a ready man; and writing an exact man.）

這種三聯句的例子很多：

> 學習令人喜悅，可增加外在條件，內在能力也會增強。（Studies serve for

delight, for ornament, and for ability.）

身居高位者，要為了三個領域而服務：他是君主或國家的公僕、是名聲的奴僕，也是他個人事業的僕人。（Men in great places are thrice servants: servants of the sovereign or state; servants of fame; and servants of business.）

他有的時候也會用對偶句，也就是兩個結構相同的句子接連出現。例如：

追求權力卻失去自由，企圖控制別人卻喪失控制自己的能力，這真是種奇怪的欲望。（It is a strange desire, to seek power and to lose liberty: or to seek power over others, and to lose power over a man's self.）

當然，因為英文是拼音文字，這種對偶不可能像中文句子那樣工整。整齊也不是培根所特別追求的東西。所以，我不認為把培根作品翻譯得像駢文那樣，是一種好的翻譯方法；至少這不能真實反映培根的風格。事實上，要把《隨筆集》

全文翻譯成那種風格，也還沒人能夠做到。

這種三聯句與對偶句裡的省略，造就培根的特殊風格：精練。可以省略、多餘的詞都被他刪去了。例如：

> 如果你想左右他人，必須了解他的性情和習慣，才能引導他；了解他的人生目的，才能說服他；了解他的弱點和短處，才能嚇唬他；了解和他有關係的人，才能掌控他。(If you would work any man, you must either know his nature and fashions, and so lead him; or his ends, and so persuade him or his weakness and disadvantages, and so awe him or those that have interest in him, and so govern him.)

前面這句其實是四聯句了。

我儘量使用現代漢語，而不是用文白夾雜的語言來翻譯培根。因為他用的就是現代英語（當然是早期的現代英語，在動詞變化還保留了中古英語的殘餘）。

我覺得，今日眾人在評析翻譯著作時，觀念上總有點偏差，總覺得翻得越像文言文，翻譯功力就越好。如果文言真有那麼好的話，那麼二十世紀初的白話文運動就不會興起，也不需要改革了。之所以要有白話文，正是因為文言不夠靈活，無法表達許多複雜的意思。所以翻譯培根，我儘量使用簡潔、清楚和精練的白話文。

《培根隨筆集》（有時候也譯成《論說文集》）全譯本已有多種。我想提一下水天同先生的譯本《培根論說文集》（北京：商務印書館，一九八六年），這是已知最早的《培根隨筆集》全譯本，據說水先生從抗日戰爭時期就開始著手翻譯了。因為時代的關係，現在看來文字有些古拙。但在現有的幾個翻譯本子裡，水天同先生的翻譯是最誠實的。沒有任何花哨，也不逃避任何困難，該下一百分力就下一百分力，作注解下的力氣也是最大。在這裡我向這位老先生致以由衷的敬意。

王佐良的譯本很有名，但只有五篇，收在他所編的《並非舞文弄墨：英國散文名篇新選》（北京：生活．讀書．新知三聯書店，一九九四年）。

翻譯是一項極費時間的工作，因為認真的譯者要花大量時間了解他所翻譯的對象，不僅是眼前要翻譯的文本，還包括譯者的生平以及他的其他著作。所以翻譯作品最好能跟譯者自己的學術研究結合起來。

同時，譯者要學會利用外國學者的研究成果，尤其是他們對文本所作的注釋，這樣可以避免許多錯誤的發生。我這個譯本，在很大程度上得益於維克斯（Brian Vickers）和皮徹（John Pitcher）所作的《培根隨筆集》注解。尤其是維克斯，這位聲譽卓著的學者，專攻文藝復興時期英國文學。我在翻譯時所根據的文本，就是他的那個版本。

01 論真理：為什麼人喜歡謊言甚於事實？

根據《約翰福音》記載，彼拉多用嘲諷的語氣問耶穌：「什麼叫真理呢？」也不等對方回答。確實，有些人樂於不斷挑戰自己的想法，並且把固定的信念是種束縛。這些懷疑論者在思考和在行動上，都喜歡展現自由意志。儘管這一派的哲學家們已經作古，但還是有一些智者繼承前人的精神，思想不受拘束，只是文筆沒那麼有力，血液也沒那麼純淨了。

人們偏好謊言，並非真理難尋又費力，也不是因為找到之後，思想會被它們所規範。事實上，人類就是喜歡謊言，畢竟這是人性，但會導致我們墮落。

希臘晚期有一派哲學家研究過這個問題。琉善（Lucian）問道：「人為什麼毫無理由地熱愛謊言？」它既不是詩作，可以帶來愉悅；也不是商人的騙術，是為了賺錢。

這個道理我也不太清楚。真理就像陽光一樣，從寬敞的窗戶照進來，但它不像燭光，可以為假面舞會、遊行活動和凱旋儀式增加莊嚴和華麗的氣氛。真理就像珍珠那麼值錢，而且在日光下最美麗。但鑽石和紅榴石更為珍貴，在不同的光線下都能展現璀璨的一面。同樣的道理，各種謊言混合在一起，就可以帶給人快樂。

無庸置疑地，一旦我們清出所有無用的想法，包括錯誤的評價、沒有建設性的意見、過分樂觀的希望以及一廂情願的妄想，腦袋就會空空如也，只剩下憂鬱以及不快的心情，連自己都會感到厭煩。

聖奧古斯丁曾嚴厲地批評，詩就像「魔鬼的酒」，雖然充滿想像空間，但不過是虛幻的謊言罷了。

謊言若只是左耳進右耳出，就不會造成很大的傷害，就怕它滲透到你的腦袋、盤踞在你的心靈中。謊言只存在於墮落的感官經驗與情感中。相對地，理性只能用來判斷健全的觀念與想法。在理性的教導下，我們全心全意追尋、探究真理。了解真實、掌握真相、信賴真理以及擁抱真實，是人性中最高尚的美德。

上帝創世的那六天，首先創造的是感覺之光，最後完成的是理性之光。第七天祂完成工作，我們稱為安息日。直到現代，聖靈的光明一直照耀著所有造物。祂先把光芒吹拂到朦朧的物質與混沌的世界，再把光明吹入人的臉龐。直到如今，他仍不斷把光明吹到選民的臉上，啟迪他們的智慧。

伊比鳩魯學派在各方面都遜於他派，但羅馬詩人盧克萊修（Lucretius）讓它發揚光大。他在長詩《物性論》中寫道：「站在岸上，看船在海面上乘風破浪，是一件樂事；站在城堡窗前，看兩軍對壘、互有勝負，也是一件樂事。但最快樂的事情，莫過於站在真理的山巔上，一覽人世間的錯誤、徬徨、迷惑和衝突。你還能俯瞰其他所有的山嶺，享受清寧的空氣和寧靜的氣氛。」不過，觀看底下紛亂的人世時，我們得懷著惻隱之心，不是帶著自大與傲慢。若有人總是懷著慈愛的心念，一言一行都符合神的教導，生活以真理為軸來運轉，那可說就是活在人間天堂。

談完了神學和哲學，接著聊聊人世間的真理。即便是奸詐和虛偽的人，也會承認，正直和誠實是最可貴的人性特點。做人如果虛虛實實，就像是在金塊中摻入廉價金屬，雖然加工起來比較容易，但做出的金幣價值就不高。偷雞摸狗的行事風格就像是蛇在爬行；卑賤的蛇沒有腳，只能依靠肚皮走路。

說謊與失信是最可恥、最可悲的惡行。被人發現說謊，會感覺很丟臉；指責別人是騙子，則是非常嚴厲的指控。對於這個現象，法國哲學家蒙田深思過後，得出中肯的結論：「仔細想想，說謊的人只害怕被他人指責，卻不在乎上帝的懲罰。」遮遮掩掩是沒有用的，終將面對上帝的審判。他嚴厲地指出，撒謊與失信是重大的惡行。謊言是最後一道鐘聲，它將召喚上帝來審判世世代代的人。因為有預言說，基督再次降臨時，他在世上找不到信德。

培根金句

「即便是奸詐和虛偽的人，也會承認，正直和誠實是最可貴的人性特點。」

02

論死亡：哪些事情可以超越死亡？

人恐懼死亡，就像孩子害怕走到黑暗的地方。恐怖故事聽得越多，孩子就會打從心底害怕黑暗的環境。對死亡的恐懼也是如此。對於虔誠的宗教信徒來說，死亡是通往另一個世界的關卡，有時也是惡行的報應。總而言之，人難免一死，恐懼是軟弱的表現。

然而，宗教中所傳達的死亡觀念，總混雜著迷信和負面的想法。在一些談論「苦行」的著作中，修士提到，一般人指尖被壓到或穿刺時，會感受到極大的痛苦，可想而知，死亡的痛苦更大巨大，因為整個身體都敗壞了。其實，比起肢體受傷，死亡所帶來的痛苦往往要小得多，因為許多重要器官的感覺並不敏銳。

羅馬哲學家塞內加未受基督教啟蒙，卻說得非常好：「比死亡本身，跟死亡有關的周邊事物更令人害怕。」（《道德書簡》，第二十四篇）死前的呻吟與痙攣、扭曲的面容、親友的哭泣、黑色的喪服以及隆重的葬儀，這些事物讓死亡顯得可怕。

不過，人的情感力量非常強大，任何一種都足以降服和抑制對死亡的恐懼。死亡一點也不可怕，因為我們內心有這麼多騎士可以擊敗它：

為了復仇，我們寧願犧牲自己；
為了愛情，我們不顧生死；
為了追求榮譽，我們從容赴死；
內心悲痛，活著比死去更折磨；
人生充滿恐懼，更期待死亡降臨。

而且，歷史書也記載得很清楚，羅馬皇帝奧索（Marcus Salvius Otho）因戰敗而自殺，許多忠誠的擁護者同情他的下場（這是所有情感之中最溫和的了），因此追隨他的腳步自殺了。

在自殺的原因裡，塞內加還列上了厭世和煩膩，《道德書簡》寫到：「敏感和愁苦想死，而無畏的人不怕死。除此之外，日復一日、不斷做同樣的事情則令人厭煩、感覺生無可戀。」既不勇敢也不悲苦的人，厭倦了反覆做同一件事，也會想死。

同樣地，有膽識的大人物在臨近死亡前總是面不改色，直到生命最後一刻，依舊故我。羅馬皇帝奧古斯都死前還在歌頌自己的愛情：「永別了，利維婭，別忘了我們的夫妻之情。」有人在臨死前也不會改變其奸雄的性格，羅馬史學家塔西佗（Tacitus）寫道：「皇帝提比略（Tiberius）的體力和精力都衰退了，但仍不改他狡詐的本性。」皇帝維斯帕先（Vespasian）死前還在說笑，他坐在馬桶上說：「我在淨化自己，準備成仙了。」皇帝加爾巴（Galba）被暴民處死前，把脖子伸長，大聲地說：「如果這對羅馬人民有益，盡管砍下去！」皇帝塞維魯斯（Septimius Severus）死前還在忙著處理公務：「如果還有事要我處理的話，那就快點！」

斯多葛派的人太大驚小怪了，為死亡設想太多，反而讓這件事變得更可怕。羅馬詩人朱維納爾（Juvenal）說得好：「應當把生命的結束，看作大自然的恩惠。」生死都是大自然的現象，不過對於嬰兒來說，應該都非常痛苦。

不論是偉大事業奮鬥而死，或是在沙場鏖戰中陣亡，應該都感覺不到痛苦。

因此，一心向善的心靈，確實能免除死亡的苦痛。最重要的是，當我們實現夢想，達成高遠的目標，就是獻給上帝最動聽的頌歌：「主啊，如今可以照你的話，釋放僕人安然去世！」(《路加福音》第二章)死亡還有個好處，它打開了美譽之門，澆熄了妒忌之火。羅馬詩人賀拉斯(Horatius)說：「在世時功績受到嫉妒，死後就會受人愛戴。」

培根金句

「比死亡本身，跟死亡有關的周邊事物更令人害怕。」

03 論宗教：為什麼教會要四分五裂、無法團結在一起？

宗教是維繫社會的主要紐帶，如果沒有那麼多分裂的教派，那對全體人民都有好處。對於非基督徒來說，信仰不會引發紛爭和社會分裂，因為他們的宗教主要是由儀式和祭典組成，但沒有永恆的教義。他們組織裡的導師和長老大多是詩人。從這點來看，就可以推測他們所信奉的是什麼。但上帝是「忌邪的神」（《出埃及記》第二十章），所以祂不能容忍與其他異教的神分享信徒，對祂的崇拜也絕不能有絲毫分心。所以，我們要談談各教派如何合併，以及這麼做的好處以及局限。

教會不再分裂，最重要的好處在於能取悅上帝，基督徒與異教徒也都能受惠。對於基督徒來說，最可恥的事情就是教會分裂以及異端人士出現，比墮落行為更不可原諒。體液失衡會致病，但肉體受傷或四肢被撕裂更加嚴重。精神生活也是如此。教會一再分裂，不但讓民眾望而卻步，信徒也會漸漸出走。

有人說：「看哪，基督在曠野裡！」另一個人說：「看哪，基督在內屋中。」有些人在異端的聚會中尋找基督，有些人在教會外面尋找耶穌。不過，有個聲音不斷在耳中迴響，我們必須專心聆聽：「你們不要出去。」（《馬太福音》第二十四章）。

耶穌的弟子聖保羅不是猶太人，但也是眾人的導師。他的使命較為特殊，所以特別關心教會以外的人：「或是不信的人進來，聽見你們在用幾種語言說話，他豈不說你們癲狂了嗎？」（《哥林多前書》第十四章）教會裡的人各說各話甚至針鋒相對，若是讓不信人的人以及一般民眾聽到，肯定印象會很差，絕不想進教會，寧願去「坐褻慢人的座位」（《詩篇》第一章）。

法國作家拉伯雷（François Rabelais）虛擬了一份圖書館的藏書目錄，當中列了本書，叫作《異端者的莫里斯舞》（Morris Dance，譯註：一種英格蘭民族舞蹈）。在這個嚴肅的話題上，我引用了這位諷刺作家的作品，顯得有些輕浮，但這正好顯示宗教上的荒謬亂象。不過，每個教派都有各自的特殊儀式，還有人會做出諂媚又卑賤的鞠躬動作。這些活動只會引起一般大眾和腐敗政客的嘲笑，反正他們本來就鄙視神聖的事物。

對於基督徒來說，教派合併的好處，就是可以創造和平的環境，為眾人帶來數不清的福祉。教會合併後，信眾會更虔誠、更努力做善事。平和的環境可以帶來內心的平靜。教友們就不會再花時間打筆仗，而是閱讀更多關於苦行和虔修的著作。

此外，我們也要理解，教會合併的程度也有局限，沒有辦法完全融合在一起。畢竟，教會也有極端分子。有些狂熱分子無法接受任何和解的提議，正如以色列王耶戶說：「平安不平安與你何干？你轉在我後頭吧！」（《列王紀》第九章》）。對他們來說，和平一點也不重要，只要有信徒和追隨者就好。另一方面，有些人像古老的老底嘉教會信眾一樣，言行不冷也不熱，以為在宗教問題上可以採取折衷和模稜兩可的態度，要小聰明來達成和解，彷彿自己是在上帝和凡人之間的仲裁者。以上這兩種極端人士都不可取。

我們的救世主親自為基督徒立下兩個意義相反的盟約，但只要以正確的方式理解，就可以知道它們互不衝突。《馬太福音》第十二章明確地記載：「不與我相合的，就是敵我的。」《馬可福音》第九章又補充說：「不敵擋我們的，就是幫助我們的。」

也就是說，要有明確的觀念，並清楚區分，有些問題屬於實際的基本教義，有些跟信仰無關，比較接近宗教活動、見解以及戒律。許多人還以為，這些誤解很小、早就有人提出澄清。其實只要有人能秉公處理紛爭，就會有更多人接受。不過因為篇幅有限，我提醒大家，討論時應該小心，不要陷入以下兩種爭論，導致上帝的教會被撕裂。

首先，我們有時會爭論太瑣碎的問題，純為好辯而起，根本不值得激烈爭吵。聖奧古斯丁提醒大家：「基督的衣袍的確無縫，教會的衣袍卻五顏六色……服裝可以有多種款式，但不能有裂縫。」意見可以不同，但不代表要分裂。

還有一類爭論，雖然主題很嚴肅，但是內容晦澀難懂，討論的方式過於細膩，只能看出人的聰明才智，卻沒有實質效用。只要你有足夠的判斷力和理解力，就知道那些無知的人表面上針鋒相對、意見不同，但其實說的是同一件事。不過既然人的判斷力都會有高下之分，那想當然耳，了解人心的上帝就看得更清楚，脆弱的人類只是表面上意見不合，其實只要了解彼此基本的立場，就可以達成共識了。

這些無謂的爭論，聖保羅提出了明確的警告：「躲避世俗的虛談和那敵真道、似是而非的學問。」（《提摩太前書》第六章）人們捏造各種表面的對立，再加上過度僵化的定義，而不去探索真實的意義，而讓文字支配一切。

有兩種和平或合併的假象。一種是出於無知和頭腦不清，正如同在黑暗中，各種顏色看起來都不衝突。還有一種假象，是無視於根本的差異，硬是把相衝突的意見拼湊在一起。這些問題的對與錯，就像是尼布甲尼撒王夢見的神像一樣，它的腳指頭有些是鐵做的，有些是泥塑的，雖然可以黏在腳掌上，卻不能合在一起發揮作用（《但以理書》第二章）。

合併教會的過程，必須審慎進行。團結一致是最終的目標，但絕不可以破壞人與人的博愛精神，更不可違反法律。《路加福音》第二十二章明確地提到，基督徒有兩把刀，一把是精神之刀，一把是世俗之刀，對於維繫教會的發展，各有各的功用。

千萬記住，不可以用第三把刀來傳教，也就是發動戰爭，或是用殘忍的暴行強迫他人改變信仰。除非有人褻瀆神明，或者是公然做出有辱教會的醜事，或是假藉宗教之名跟政府作對。

我們絕不可以煽動他人作亂，或是支持謀反的行動，更不可以私自武裝集結，意圖顛覆國家。這些都是上帝所禁止的行為，否則刻有十誡的法版都可以仍到山下去了（《出埃及記》第三十二章）。除了身為基督徒，我們也是一般人。看到邁錫尼國王阿伽門農竟然忍心拿自己的女兒獻祭，詩人盧克萊修歎道：「宗教竟叫人做出如此邪惡之事。」

不只如此，法國的天主教徒對新教徒發起「聖巴托羅謬大屠殺」，英國也有極端的天主教徒企圖謀殺國王（史稱「火藥陰謀」〔Gunpowder Plot〕）。盧克萊修如果知道這些事情的話，應該會更甘願當伊比鳩魯派的信徒，也更加不相信神會關心人類。在宗教問題上，運用世俗之刀時要極為謹慎，不要隨便交到一般民眾的手中，否則很容易出現恐怖行動。這些事情還是留給激進的再洗禮派教徒和其他狂熱分子去做吧！魔鬼說：「我要升到高雲之上，我要與至上者同等。」（《以賽亞書》第十四章）這是對神的大不敬。還有人假冒上帝，對著大眾說：「我將降世，並像黑暗之王撒旦那樣行事。」那就是對神更大的不敬了。

有些宗教組織非常墮落，只想做一些殘忍與惡劣之事，包括謀害君王、屠殺民眾以及顛覆國家與政權。這樣做有什麼好處？彷彿聖靈化身為兀鷲或烏鴉，而不是化身為和平的白鴿。他們在教會的船上掛起海盜與刺客的旗幟。

因此，我們得採取必要的反制手段。教會透過教義與教令規勸人民；君王透過軍隊維護秩序；各個教育組織與團體也像羅馬神祇墨丘利（Mercurius）一樣，向大眾傳遞正確的訊息。只要有人發表言論支持上述的罪行，我們就要予以譴責，詛咒他們下地獄、永不復生。因此，在我們討論宗教時，一定要先記著公義者聖雅各的箴言：「人的怒氣並不成就神的義。」（《雅各書》第一章）。早年有位睿智的教會作家寫道：「只要有人主張，要用強迫的方式改變他人信仰，那他一定是為了達成私人的目的。」這點評論明白指出部分宗教人士的意圖，值得牢記在心。

培根金句

「只要有人主張，要用強迫的方式改變他人信仰，那他一定是為了達成私人的目的。」

04 論復仇：報仇的真正目的是什麼？

復仇是一種野蠻的正義。雖然這是人的天性，但法律應該禁絕以牙還牙的行為。惡行觸犯了法律，但私下報復卻是在否定法律的效用。當然，一報還一報是扯平了，但如果你能寬恕仇人，就比對方更高尚，畢竟只有君王才有有這種特權。所羅門曾說過：「寬恕人的過失，便是自己的榮耀。」（《箴言》第十九章）過去的已經逝去，無可挽回，當今和未來之事就夠智者忙的了。為過往的事而勞神費力，只是在虛度光陰。

人之所以會犯下惡行一定有所求，是為了滿足快感、受他人崇拜或是獲得利益，不會毫無緣由。既然大多數的人都是在乎自己的利益勝過他人的福祉，那我何必要惱怒？不過，也有少數人是天性惡毒，單純就想做壞事。這種人像是荊棘木刺，除了刺傷別人，什麼都不會。

有些惡行沒有法律可以懲罰，那就只有報復一途，但復仇者無須擔心，他的行動也不受法律所管。否則先出手的人就便宜了，他只會受到一次報復，但復仇者除了被傷害，還要接受法律的制裁。

有些人在復仇之後，喜歡讓對方知道自己的身分；這是比較高尚的做法。畢竟復仇的快樂不是來自於傷害仇人，而是讓對方感到悔恨。不過，仍然有些卑劣狡猾的懦夫喜歡暗箭傷人。

佛羅倫斯公爵科西莫．麥地奇（Cosimo Medici）最痛恨背叛朋友、不講道義的人，這些是不可原諒的錯誤。他說：「《聖經》提到，耶穌要我們寬恕仇敵，但沒有教我們要放過背叛的朋友。」（《馬太福音》第五章）但約伯的精神層次更為高尚，他說：「難道我們從神手裡得福，不也受禍嗎？」（《約伯記》第二章）。對朋友來說，也是如此。

處心積慮復仇的人，傷口會一直無法癒合，鮮血不斷流出。然而，伸張正義大多可以帶來好運。在羅馬帝國時期，奧古斯都為凱撒復仇、塞維魯斯為佩蒂納克斯（Pertinax）復仇，兩位皇帝都因此受到擁戴。此外，法王亨利四世為亨利三世復仇後，建立了偉大的王朝。但如果是為了解決私人恩怨，就沒有這種福氣了。報復心強的人就像邪惡的巫師一樣，滿腦袋只想害人，最終自己也沒有好下場。

培根金句

「復仇的快樂不是來自於傷害仇人，而是讓對方感到悔恨。」

05

論厄運：為什麼逆境更能展現人的美德？

塞內加有一句名言，完全展現了斯多葛學派的風格：「在好運中發生好事，是值得期待的，但在厄運中發生好事，就令人羨慕不已。」若人在厄運中還能夠發揮意志力控制自己的本性，那就真的可說是奇蹟。他還有一句話比剛才那句還要高明，沒想到這是出於異教徒之口：「既有人類脆弱的那一面，也有上帝安然自得的精神，這才是真正的偉人。」

這意思用詩歌來表達會更好，這樣我們才能用天馬行空的詞語來形容。畢竟，詩人的專長就是運用華麗的詞藻。透過玄妙的神話，古代詩人描述那種境界。雖然不乏神祕的情節，但很接近基督徒的狀態：「海克力斯幫普羅米修斯（他象徵著人性）鬆綁後，乘著一隻陶罐，渡過了大海。」這個場景生動地描繪了基督徒般的決心，他們乘著肉體的脆弱小船，駛過人世間的驚濤駭浪。

接下來還是用平實的語言來談吧。

從道德上講，在厄運中展現英勇的一面，更是一種美德。在《舊約》中，幸運是神的賜福。在《新約》中，苦難反而是神的賜福，它將帶來更大的福祉，更清晰地展現出神的恩典。在《舊約》中，你細聽大衛歡樂的豎琴聲，也傳達出同樣的悲傷。比起所羅門的幸運，聖靈花了更多力氣描述約伯的苦痛。

人在走運時，不免有恐懼和煩惱，但厄運中，卻能得到安慰和希望。在底色暗冷的紡織品上，若有明亮的圖案，就會更加賞心悅目；但是在暖底色的紡織品上，有黑暗、憂傷的圖案，反而覺得刺眼。從藝術品的角度，就可以得知人心的變化。

美德就像是珍貴的香料，在焚燒或碾碎後才會散發出香氣。在幸運中最能看出人的缺點，在厄運中則最能發現人的美德。因此，人在走運的時候，美德表現在自我克制上；遭逢逆境的時候，堅毅是最重要的美德。

培根金句

「美德就像是珍貴的香料，在焚燒或碾碎後才會散發出香氣。」

06 論低調：為什麼不要隨意表態？

遇到問題時，採用迴避或遮掩的策略，是弱者的行事風格。需要強大的理性和決心，我們才知道何時該講真話，並有勇氣說出口。那些無能的政治家就只會遮遮掩掩。

羅馬史學家塔西佗在《編年史》一書中記載：「利維婭善解人意，知道她丈夫雄才大略，也了解她兒子只會遮遮掩掩。」也就是說，奧古斯都善於謀略，而提貝里烏斯（Tiberius）是軟弱的人。羅馬將軍穆西阿努斯（Mucianus）搧動維斯帕先起兵反對維特里烏斯（Vitellius），大聲疾呼：「我們起兵反對的皇帝，不是具有敏銳判斷力的奧古斯都，也不是小心謹慎和守口如瓶的提貝里烏斯。」有些人擅於沙盤推演、擬定策略，有些人做事小心謹慎、絕不露出破綻。每個人的能力與風格都不同，需要仔細分辨。

有人能敏銳地作出判斷，能夠判斷哪些事情何時可以公開、哪些事情絕對要守密，哪些事情要有所保留。此外，他也能評估對方是否值得信任。塔西陀說得好，不論是治國或是修身，這都是最需要培養的技能。因此，沒有判斷的能力，凡事只會遮遮掩掩，只懂得守口如瓶，反而會使自己的發展受限。一遇到實際的狀況，他不知道該如何做選擇，或是找出變通的方法，就整體上來說，他就採取最安全和最謹慎的做法，就像視力不佳的人走路起來如履薄冰。

自古以來，能力出眾的人處事都誠懇坦率，都讓人覺得誠實又可靠。他們就像是調教很好的馬匹，知道何時該停步、何時該轉彎。事情需要有所保留時，他們就會保持低調。世人只知道讚揚他們做事有誠信，做人又正直，卻沒發現他們懂得有所為、有所不為。

這種隱藏內心想法、做人低調的功夫可分為三等。最優秀的做法是寡言又口風緊，叫人看不出端倪、抓不到把柄。次一等的方法是說話有所保留，讓外人誤判自己真正的想法。最低階的做法是發揮演技，賣力地、刻意地假裝成另一種人。

先談談最好的做法：口風緊。神父特別要有這種美德，畢竟要聽人懺悔。只要有這種能力，很多人就想找你說心事。畢竟，沒有人會跟喋喋不休的大嘴巴打開心扉。你若很能保守祕密，就會有人向你吐露私事，正如空氣會自動流入有個小孔的密閉空間。找人懺悔、袒露心事不是想換來什麼好處，而是為了放下內心的負擔。因此，口風緊的人就會知道很多事。比起對人表達感情，我們更樂於減輕心靈的負擔。

簡而言之，口風緊就能得到許多的祕密。坦白說，正如裸露身體是不雅觀的行為，將心事攤在陽光下，也會讓旁人不舒服。態度和舉止比較謹慎的人，能得到不少尊重。多嘴饒舌之輩總是個性輕浮，又容易輕信他人言；他們喜歡分享所見所聞，但連不確定的事情也會夸夸其談。

因此，要時常提醒自己養成守密的習慣，這不但是明智之舉，也符合道德規範。

另外，講話時動嘴就好，臉部不要透漏任何訊息。有些人的表情總是藏不住心事，這是一種弱點，畢竟比起說話內容，人們更注意對方的表情，也更相信臉孔流露的訊息。

接下來，次一等隱藏內心的方法，就是講話有所保留。想保守祕密，就要懂得隱藏訊息、不可讓對方看出破綻。人們總愛探聽別人的立場，絕不容許對方保持中立、不表態或是見風轉舵。對方會不斷拋出問題試探口風，誘使我們做出回應。除非我們不管社交禮節，刻意保持沉默，否則一定會流露出某種訊息。即便我們不說話，表情動作所流露的想法，也不會比說出口的還少。想要模棱兩可、含糊其詞帶過問題，也禁不起對方長久的刺探。所以，說話時一定要有所保留，否則一定藏不住祕密。這可說是保守祕密的第一道防線。

至於最低等的方法，假裝成另一種人，故意表達另一種觀點。我認為，這種做法既不明智，也應受譴責，除非有非常特殊或緊急情況才使用。欺騙、造假是最壞的掩飾手段，起因於天性虛偽或膽怯的那一面，可說是內心有重大缺陷。這種人為了掩蓋內心的不安，就養成說謊與欺騙的習慣，以免被人看破手腳。

做人虛虛實實、低調保守，其實有三大好處。首先，使對手懈怠，再殺個措手不及；否則隨意公開自己的意圖，就像是發了警報給自己的對手。其次，要給自己留條體面的退路。話講得太斬釘截鐵，就像給自己上了枷鎖，一定得兌現承諾，否則會引來嚴厲的批評。第三，有助於發現別人的意圖。談話時，若對方表明自己的立場，我們很少會當場反對，大多會索性讓他說下去，表面上不發表意見，但暗地評估對方的說法。因此西班牙人有句聰明的諺語：「撒個謊就可以了解對方的心意。」似乎是在說，只要虛晃一招，便能有所發現。

不過平心而論，遮遮掩掩也有三大缺點。

首先，一般來說，行事不夠坦蕩，就代表內心有所膽怯，不管遇到什麼事情，就很難一鼓作氣完成。其次，你的合作夥伴會感到困惑和茫然，最後你只能獨自去完成任務。第三，畏畏縮縮的態度，會讓對方失去信任與信賴感，失去採取行動的動機。

因此，若你有正直的美名，但口風又緊、懂得有所保留，在必要情況下又能偽裝自己，就是最懂人際關係技巧、性格最完整的人。

培根金句

「正如裸露身體是不雅觀的行為，將心事攤在陽光下，也會讓旁人不舒服。態度和舉止比較謹慎的人，能得到不少尊重。」

07

論父母和子女：

為什麼養育下一代很重要？

做父母的快樂難以言喻，他們的悲傷和擔憂也是。育兒的快樂太多，不知從何說起，但悲憂不願說出口。雖然說子女是甜蜜的負擔，但原本辛苦的生活，的確會更加難熬。父母在生活中要操心的事很多，自然就沒餘裕想到死亡的事。所有的生物都能培育下一代，以此來延續物種，但唯有人類才能追求名聲、德性與成就。

確實，最偉大的成就或組織，都是沒有子女的人所建立的。既然他們沒辦法用肉體傳遞自己的形象，所以就透過精神上的遺產來延續。所以，反倒是沒有子孫的人，最關切後代的發展。

創立家族事業的人，最溺愛子女。孩子們不但延續了家族，也將繼承自己的事業，子女可說是大企業家的創造物。不過，孩子一多，就很難得到同等的關愛，家長也難免會偏心，尤其是母親。所羅門曾說：「智慧之子使父親歡樂；愚昧之子叫母親蒙羞。」（《箴言》第十章）在子孫滿堂的家庭裡，年長的子女總能得到尊重，最小的會被寵溺，居中的反而像被遺忘一樣，但他們常常是最有出息又最有成就的。

父母對孩子的開銷太吝嗇，這是不對的做法，會造成負面影響。孩子因此會很容易說謊、性格也變得卑劣，還常常跟不良分子往來。只要一有錢，他們就會揮霍無度。父母要保持對孩子的權威，但不要斤斤計較，孩子才會有好的發展。包括父母、老師，人們總是有個壞習慣，就是鼓勵年幼的兄弟彼此競爭，於是導致他們成年後不和，家族也因此分崩離析。義大利人對自己的子女、侄甥和近親的孩子幾乎一視同仁；只要是同族，就會視同己出。確實，這在生物學上是有根據的。我們有時看到，侄子或外甥更像叔伯或舅舅，而不像自己的父母，這就是血緣的關係。

父母應該及早做好安排，讓孩子從事他們期待的職業，走上理想的人生道路，因為童年的可塑性最大。他們不應過分順從孩子的天性，以為符合孩子的喜好，就會有良好的發展。當然，如果孩子有特殊的興趣或天分，就順著他們的個性發展就好。一般來說，前人的話還是很有道理：「挑選最理想的專長，讓孩子養成習慣練習，日子久了就能上手。」

當弟弟其實比較幸運，但絕不是因為哥哥被剝奪了財產繼承權。

培根金句

「年長的子女總能得到尊重，最小的會被寵溺，居中的反而像被遺忘一樣，但他們常常是最有出息的。」

08 論婚姻與單身生活：結婚生子有什麼好處？

有了妻子兒女，人生就會多了一道枷鎖，她們會阻礙你追求偉大的事業，哪怕你想要變成江洋大盜也沒機會。對公眾最有益的偉大事業，總出自單身或無後男子之手。他們把自己嫁給了社會大眾，把個人資產當作嫁妝。當然，父母最關心未來的發展，畢竟孩子是最重要的資產，應該要好好考慮。

單身的人只考慮到自己，覺得未來世界與他無關。還有些人，把妻子和兒女看作是帳單。還有些愚蠢、貪婪的富人，以無後為自豪，這樣一來，別人就會以為他們的財產花不完。畢竟人們總是這樣說：「某很有錢的人……但被眾多子女拖累了。」彷彿子女專門來花他的錢。

其實，單身生活最大的優點就是自由，對性情孤僻、只管自己心情的人來說，更是如此。他們對任何限制都十分敏感，哪怕是身上的腰帶和襪子都覺得是束縛和鎖鏈。

未婚男人是最好的朋友、最慷慨的主人和最服從的僕人，但不一定是最守法的臣民，他們背起簡單的行囊就能浪跡天涯，當個亡命之徒。單身的人適合從事教會工作；善心就像泉水一樣，灌滿了自己的池塘，灌溉大地就不夠用了。

對法官和執法人員來說，單身或結婚都不會影響到工作。因為相較於伴侶，僕人更有可能說動他們去收受賄絡。至於軍人，我發現，將軍在訓話時，總是會提醒士兵們要想想妻子和兒女。土耳其人不重視婚姻，所以士兵就算有家人也不會受到重視。

妻子和兒女顯然有助於磨練心性。單身男子的錢財花得比較少，所以樂善好施，但從另一方面來說，他們少有機會展現溫情，所以個性剛硬、作風冷酷，適合去當嚴厲的法官。

在社會文化的影響下，許多丈夫個性穩重，深愛自己的伴侶，從一而終，就像希臘神話的尤利西斯一樣，拒絕女神的求愛，不想追求長命百歲，只想回鄉跟妻子團聚。

有些女性以自己的貞潔與清白為榮，個性高傲又偏執。妻子若認為丈夫聰明有才智，就絕對不會出軌，還會言聽計從。但愛吃醋的丈夫就很難受到妻子敬重，認為他不夠自信。

妻子是年輕男子的情人、中年男子的伴侶、老年男子的看護。男人不管幾歲，都有娶妻的理由。有人問希臘哲學家泰勒斯（Thales）：「男人該在什麼時候結婚？」他回答道：「年輕人談結婚太早，年長者更不應該投入婚姻。」

我們常常發現，有些丈夫很糟糕，但妻子確是個好人；丈夫偶爾表現良好時，身邊的人無不鬆了一口氣。這些女性很能吃苦耐勞，就算要忍受丈夫的惡行，也會當成自己的磨練。尤其是，如果在眾人的反對下選擇了這個男人，就只能眼淚往肚子裡吞，畢竟是自己的選擇。

培根金句

「妻子若認為丈夫聰明有才智，就絕對不會出軌，還會言聽計從。但愛吃醋的丈夫就很難受到妻子敬重，認為他不夠自信。」

09

論嫉妒：為什麼比較心是最強烈、最有害的情感？

不難發現，在各種強烈的情感中，愛情和嫉妒最令人難以自拔，彷彿像著魔一般。這兩種情感都帶著強烈的欲望，會誘發人的情欲，使人深陷其中。嫉妒或愛戀的對象如果在場，我們就會從眼神散發出情感的光柱。從這些特點看起來，要說是魔鬼附身也不為過。

同樣地，《馬可福音》也寫到，嫉妒就像「邪惡之眼」一樣。占星家認為，星體會發出「邪惡的能量」，構成「邪惡的相位」。同樣地，人類在嫉妒的時候，眼睛會放出邪惡的射線。

有些人對人際關係觀察非常細微，他們發現，人們一看到對手在炫耀自己的成就，就會妒火中燒，從嫉妒之眼放出傷害力最強的射線。在這種時候，對手的精神能量流到全身，最容易受到攻擊。

這些議題在適當的情境下值得深入討論，但當前沒有必要繼續分析下去。我們來討論，什麼人嫉妒心強、什麼人最容易招嫉，還有嫉妒是出於公眾立場或出於私心。

一無所長的人總是嫉妒別人的長處。心靈的糧食有兩種：自身的善或他人的惡，一定得攝取其中一樣。不論是誰，如果無望學得他人的長處，就會試圖貶低他人成功的價值，以平衡內心的缺憾。

無事忙的八卦王都好嫉妒。他刺探這麼多事情，絕不是因為這些紛擾跟他的個人利益有關，而是抱著看戲的心態，想窺看他人生活的痛苦或喜悅。相對地，專注在自己的事務上，就不會有閒暇嫉妒別人。那是一種焦躁不安的情緒，就像有人老是在家待不住，總是在大街上亂逛，正如羅馬劇作家普勞圖斯（Plautus）所說：「愛打聽的人總是不懷好意。」

不難發現，出身於貴族世家的人，會嫉妒地位正在上升的新貴，因為他們的階級距離拉近了。這個道理跟視覺上的錯覺一樣，看到別人前進時，還以為自己後退了。

身體畸形的人、閹人、老年人和私生子嫉妒心都很強。他們不能改變自己的處境，只好想辦法破壞別人的正常生活。不過他們當中也有人生性勇敢、品行高潔，會把那些天生的缺陷當作正面的特質。世人總是在傳唱：「那個閹人和瘸子，竟然成就了這麼偉大的事業！」那些人創造奇蹟，獲得世人的讚揚：東羅馬帝國的大將納爾塞斯（Narses）是宦官；而斯巴達國王阿格西勞斯（Agesilaus）、帖木兒大帝都是瘸子。

有些人經歷災難和不幸，還能東山再起，但嫉妒心也會變強。他們跟一些過氣的人一樣，自己受過太多苦難，便認為他人的災禍是上帝的合理分配。

有些人愛好虛榮、在各方面都要高人一等，他們老是心浮氣躁，擔心別人過得比自己好。他們不缺嫉妒的對象，畢竟生活領域這麼多，總是有人表現得好好。羅馬皇帝哈德良就是這種人，他認為自己藝術天分高，所以最嫉妒有才華的詩人、畫家和藝匠。

除此之外，看到親人、同事還有一起長大的友伴飛黃騰達，也會讓人生起嫉妒心。看到別人過得好，我們會不斷感嘆自己的運氣差，還會到處抱怨。看到別人出名、成為討論的焦點，內心的嫉妒心也會增強。《創世紀》第四章記載，該隱是個卑鄙與惡毒的人，亞伯的供物被上帝看中時，他嫉妒不已，儘管現場沒有任何旁觀者。

以上就是一些容易起嫉妒心的人，接下來我們談談容易招嫉的人。

首先，能力強、有才華的人獲得拔擢，比較不會被嫉妒，畢竟這是他們應得的待遇，而不是單純好運而已。此外，得到債務人的大筆還款，也不會招人嫉妒；倒是收到獎賞和厚禮，就會有人眼紅了。

跟自己過去的好日子相比，也會產生嫉妒心，比較才會有得失心，因此王公貴族總是嫉妒彼此的生活。特別的是，無德無能之人躋身到顯赫地位時，最受眾人所嫉妒，風頭過了大家也就不在意了。相對地，有德有才之人始終位居高位、享有高薪，就很容易受到嫉妒。他們的才華和能力沒有退步，只是光環消失，後起的新秀使前輩黯然失色。而出身貴族世家的人高升比較不會受到嫉妒，這似乎是他們應得的特權，況且對他們的人生也沒有增加多少好處。

嫉妒就像是日光，比起照在平地，照在陡坡峻阪之上更熱。同樣的道理，隨波逐流的人比較不會受到關注，而平步青雲或是越級升遷的人就會遭人嫉妒。

投入艱苦、繁重又風險高的工作而得到讚揚，就不容易招嫉。大家都會認為，這份成就得來不易，還會同情對方，因此消除嫉妒心。因此，深沉又嚴肅的政治家雖然位高權重，卻總是在自怨自憐，時不時哀怨日子過得很苦。事實上，他們並非覺得苦，只是為了減輕別人的嫉妒。人們能體諒她們的處境。政治人物所背負的重大任務，許多不是他們自願接下的。不過，若是他們野心太龐大，承攬各種不必要的事務，難免就會受到旁人嫉妒了。

身居高位者，只要能為部屬保住應有的權利並分配合理的責任，就不會受到嫉妒。這等於是設下一道道的防火牆，把嫉妒的火焰隔離在外。

然而，最容易招人嫉妒的，就是那些傲慢自大的富人。只有欺負反對者、打敗競爭者、炫耀財富和大擺排場才會令他們快樂。而有智慧的人只願意花一點點心力嫉妒別人，他們會挑選一些無關緊要的事情，故意讓自己嘗一點受挫的滋味，以保持謙卑的態度。

既然如此，我建議身居高位的人，應該放下傲慢、奸詐、狡猾和虛榮的那一面，改以坦蕩、平易近人的態度行事，就不會引人嫉妒。否則，若一廂情願地認為自己的榮華富貴都是應得的，當中沒有運氣的成分，就難免會引人嫉妒。

總結以上的討論。我們在開頭說過，嫉妒心一起，就像中了妖術一樣難以擺脫。要對付這種強烈的情感，就要用類似驅魔或破解魔咒的方法，把對象轉移到其他人身上。因此，聰明的大人物就會找個替死鬼，讓他拋頭露面，成為大眾嫉妒的焦點。這個替死鬼可以是侍從、僕人或同事，總之身邊的人都可以擔任。反而世上總是有人生性魯莽又躁進，喜歡出鋒頭，願意付出一切代價，只要能獲得權力和官職就好。

接下來我們談到，除了私人因素，嫉妒心也會針對公共議題而起。前者一點好處都沒有，後者還有一點價值。公眾人物權勢太大而導致群情激憤，才懂得保持低調、暫時休養生息。所以，民眾的嫉妒心能夠約束大人物的言行，讓他們循規蹈矩。

嫉妒在拉丁語裡叫作invidia，現代人稱為「公憤」，我們在討論「叛亂」時會進一步解釋。在社會中，這種情感像傳染病一樣。傳染病會破壞身體健康，使其腐壞；人民的怨氣一旦被點燃，再好的施政措施也會被詆毀、被當作暴政。這時不管政府再祭出多少德政，也於事無補，因為這正好落人口實，代表施政者軟弱無能，害怕人民不滿才有所作為。政府越是討好人民，反對的聲音就會更大。傳染病時爆發時也是這樣，越慌張、就越有機會被傳染。

民怨大多針對身居要津的官員和大臣，而不是君主和國家。但根據經驗統計，如果民眾非常不滿某位官員，但他沒有犯下重大的錯誤；或者民眾對所有官員都有所不滿，那其實就是針對國家（雖然沒有明講）。關於民怨、公憤這方面的議題，還有它跟個人情感的區別，就先談到這裡。

一開頭已經提到，嫉妒是最強烈的私人情感，這裡再補充一點，它也是持續時間最長的。其他的情感是受到短暫出現的因素所觸發。然而，俗話說得好：「嫉妒從不休假。」人們內心總是會想起不滿或羨慕的對象。正因如此，愛情和嫉妒會使人憔悴，而其他情感不會，因為它們沒有那麼持久。嫉妒會讓人展現出最卑鄙、墮落的那一面，也就是魔鬼的本性。人們總是說：「魔鬼的嫉妒心最強，會趁著夜色昏暗，在人們的麥田裡種雜草。」有嫉妒心的人非常狡猾，總是在暗中行事，破壞像麥子這樣的美好事物。

培根金句

「一無所長的人總是嫉妒別人的長處。專注在自己的事務上，就不會有閒暇嫉妒別人。」

10 論愛情：為什麼愛情是不理性的？

愛情嘉惠戲劇表演，但不一定對人生有幫助。在舞臺上，愛情是喜劇的素材，有時也是悲劇的素材。但在人生中，愛情有時像魔女塞壬（Syren），有時像復仇女神厄里倪厄斯（Furies），帶來許多不幸與痛苦。

你可以看到，在所有古今中外偉大和優秀的人物中，只要英名尚存，沒有一個曾被愛情弄到失魂落魄。也就是說，要成為優秀的人物、成就偉大的事業，就得斷開反覆無常的激情。

不過，曾統治過半個羅馬帝國的馬克．安東尼和曾任羅馬立法官和十大執政官之一的克勞迪斯（Appius Claudius）是例外。前者確實是放蕩縱欲之徒，後者卻是嚴肅而理智的人物。一般來說，只有心胸打開的人，才能迎入愛情，但就算心靈是銅牆鐵壁，一個不留神，愛情也是有機會趁虛而入。

伊比鳩魯有句話說錯了：「從自己的眼光觀看他人的生活，就像在看戲一樣。」問題是，人類天生應該仰望天穹和其他高貴的物體，而不是跪在一尊小小的偶像前面，讓自己臣服於短淺的眼光，像野獸那樣屈服於口腹之慾。眼睛是用來做更高貴的事。

奇怪的是，在戀愛的激情中，許多事物的性質和價值會被過度放大。所以只有戀人才能一直用誇張的言語談話，連想法都變得天真。古人說得好：「最阿諛的奉承者就是你自己，其他的奉承者只是跟他互相唱和而已。」但比自己更誇張的奉承者就是愛人。那怕是最自傲的人，他對自己的評價，也沒有他愛人所想得那麼高。古羅馬詩人西魯斯（Publilius Syrus）說得好：「在戀愛中保持理性是不可能的。」

這一缺點，不光是旁人看得清清楚楚，其實戀人自己也心知肚明，但他無法克制內心的衝動。然而，當你付出感情後，若對方沒有回報同等的愛意，那她內心多少會有點看不起你；這是不變的道理。

對這種激情，我們應該多加小心，它不但會讓人失去許多東西，甚至連這段感情也會消失。此外還有其他的損失。在羅馬詩人奧維德（Ovidius）筆下的故事中，特洛伊王子巴里斯選擇了最美的女人海倫，而放棄智慧與權力其他兩項神的贈禮。不論是誰，若把愛情看得太重要，就會失去財富和智慧。

人在防禦力低的時候，愛戀之情最容易氾濫，也就是鴻運當頭和身處逆境的時候（後者比較少人注意到）。這兩種情況都會使人萌生愛意，而且一發不可收拾。這更加證明愛情是愚蠢的。

擁抱愛情，但要把它放在生活中合適的位置，絕不可以跟嚴肅的事物和行動混在一起，這才是明智的做法。愛情一旦干擾了正事，生活也會受到擾亂，就不得不放下自己長遠以來的目標與努力。

軍人總是多情，我不太清楚為何如此。我想，也許就跟他們喜歡美酒的道理一樣。在沙場上出生入死，更加令人喜歡享樂，以彌補那些痛苦。雖然有些人沒意識到，但人天生就想追求愛情、甚至愛得轟轟烈烈。所以，這股彭湃的愛意若沒有對象可以傾吐，自然而然就會蔓延到大眾身上，讓人變得充滿慈悲與善心，這點在修士身上特別明顯。

總之，有了婚姻與愛情，人類才能繁衍下一代；有了友情，我們人格才會更圓滿。但是失控的激情會使人墮落，變得毫無自尊。

培根金句

「那怕是最自傲的人，他對自己的評價，也沒有他愛人所想得那麼高……在戀愛中保持理性是不可能的。」

11 論高位：為什麼當了主管行事就要更為謹慎？

身居高位者，一人身兼三種臣僕：為君主或國家服務、還要維護聲名以及個人事業。他們身不由己，既沒有人身自由，也沒有行動和時間上的自由。這種人生目標真奇怪，追求權力卻失去自由，想要控制別人卻無法掌握自己的人生。

爬到高位之路非常艱辛，但經歷千辛萬苦後，人生的負擔卻更加重大，有時還必須做卑鄙的事，用低下的手段得到榮華富貴。然而尊貴之地非常濕滑，一不小心摔倒就會掉到無底深淵，就像突然在國王面前失勢，這是很可悲的。

羅馬哲學家西塞羅寫道：「你已失去往日的榮光，還有什麼活下去的理由呢？」可是，人總是在想隱退的時候不能如願，在該隱退的時候又不願放棄。既老且病、需要靜養之時，仍不甘寂寞。就像城鎮裡的老人一樣，總是坐在街頭發呆，讓路人嘲笑他衰老的樣子。

顯然，身居高位者需要透過別人的觀點，才會覺得自己是快樂的；如果依據自己的感覺來判斷，就根本找不到快樂。他們需要從別人的評價來看自己，希望他人都羨慕自己的地位，這樣才會感到快樂（即使內心空虛）。因為他們最先感受到自己的哀傷，卻總是最後才發現自己的錯誤。

無疑，顯貴之士對自我很陌生。他們忙於公務，卻無暇關注自己身體和心靈的健康。塞內加說道：「哪怕是舉世皆知之人，只要對自己一無所知，死亡到來時，就會感到特別的沉重。」

身居高位者，有能力做善事、也有機會做壞事。當然，做壞事一定會帶來惡果，最好不要有那樣的念頭，至少不要有實際行動。具有完整的計畫以及合理的目標，才能有權力做善事。有愛心想幫助別人，這是上帝所讚許的，但如果沒有能力付諸實行，那頂多就是一場美夢而已。而要有權力和地位，能夠發號施令，才有辦法實現你的理念。

我們生活的主要活動，無非都是為了做善事或樹立美德，當你自認完成了這兩個使命，才能夠喘口氣休息。上帝在世上展現這麼多善行，如果我們有機會參與，祂也會賜予我們休息的時間。正如《創世紀》提到，上帝用了六天創造世界，

「神看著一切所造的都甚好」，然後就是安息日了。

每隔一段時間，就客觀檢視自己的所作所為，看看一路走來是否有盡力做好每件事。前人一再所犯下的錯誤，要牢記在心中，但這不是為了證明自己的聰明才智，也不是為了貶低他人，而是要引以為戒。

因此，工作上可以重建制度與方法，但毋須大肆宣傳，批評前人的缺失與過錯。本來的措施若有好的部分，也可以蕭規曹隨。此外，檢視歷來的制度，研究當中哪裡出錯、何時開始敗壞。找出歷史上優秀的做法，再觀察當前哪些政策很有效果，這樣相互參照，對我們大有助益。

因此，想把自己的工作做好，就要先找出最好的榜樣，時時觀察模仿，就能找出一套完整的行事準則。不要我行我素，應該建立規律的工作習慣，同事才能預測你的下一步。有特殊情況要採取新做法時，要好好解釋。

確認自己的職權，但不要公開評比眾人的工作範圍，以免紛爭。默默按照規定行使自己的權利，無須公開聲討、質疑他人的工作內容。同樣地，主管要保護好下屬的權利，工作時居中指揮，不要事事親力親為，才是優秀的管理者。在自己的崗位上要保持開放，勇於請求同事幫忙、給予建議。同事有意見要分享，要積極傾聽，不要拒人於千里之外，認為對方多管閒事。

上位者有四種惡習：拖延、腐化、言行粗暴和易於接受請託。要避免拖延，一定要讓眾人時時提醒你，並在規定的時限內完成手上的公務，除非是緊急的要務，否則不要打算原來的進度。

要防止腐化，就要綁好自己和侍從的手，不要收受賄賂，還要綁住關說人的手，使他們不能送錢送禮。保持清廉，就不會貪圖不義之財。公開批評賄賂的行為，強調自己的操守，關說的人就不會上門。

除了斷絕關說的管道，還要避免有收賄的嫌疑。無論是誰，只要施政反覆無常，沒有明顯的原因就改變決策，便會讓人懷疑他是否收了誰的好處。所以，改變想法和做法時，不要暗自進行，一定要大方承認，並公開解釋反悔的原因。

此外，若你身旁的侍從或心腹獲得寵信，但看起來卻不是高風亮節之士，就會被人當作是賄賂的好人選，可以上下其手。

第三點，上位者不可言行粗暴，不但沒有意義，很容易引起不滿。作風嚴厲的主管，下屬會敬畏，但粗暴只會讓人怨恨。上位者則責備下屬時，措辭應莊重，而不該語帶譏嘲。

最後，上位者容易接受他人求情，這比收受賄還更嚴重。賄賂的人不會一直上門。不過總是會有人請託幫忙，提出各種瑣碎的要求，這時你就得疲於應付，永遠無法擺脫。在《箴言》第二十八章，所羅門王說得好：「看人的情面，乃為不好；人因一塊餅枉法，也為不好。」塔西陀說得好：「身居高位，會讓人顯出本色。」有的人會比原來表現好，有的人會比原來更糟。塔西佗曾這樣評論加爾巴（Galba）：「在他還沒當皇帝前，大眾都同意他一定是個明君。」他接著說：「登基後變得更好的皇帝，只有維斯帕先一人。」他前一句話指的是加爾巴的治國能力，後一句話是稱讚維斯帕先做人有風度，懂得與人為善。

有的人贏得聲名後，做人更有品德，那他必有高尚而仁慈的心。事實上，有才華跟德行的人士，才應該享有名聲，世間萬物總是不斷地變動，一旦到達屬於自己的位置後就會穩定下來。有才德的人為自己的理想奮鬥時，言行會比較激烈，但獲得高位後就會安定下來。

通往高位的過程，就像是走螺旋的樓梯。在職位上升時，加入某一派系是有幫助的，但獲得高位後就得保持中立。評價前人的政績時，務必要客觀而謹慎，否則你去職之後，就得償還這筆債。

要尊重同僚，就算他們不期待你會找他們討論公事。他們有想法，也期待你徵詢他們的意見，所以不可把他們拒在門外。

若有人私下來請託，我們的態度不可自高自大。要給人留下印象：「他在工作崗位時，就像是變了一個人。」

培根金句

「身居高位者需要透過別人的觀點，才會覺得自己是快樂的；如果依據自己的感覺來判斷，就根本找不到快樂。」

12 論大言不慚：浮誇的人適合做什麼工作？

文法學校的課本中，有一段老調牙的內容，值得智者深思。有人問雅典最著名的演說家狄摩西尼（Demosthenes）：「演說家最主要的技巧是什麼？」他答道：「動作。」

「其次呢？」

「動作。」

「再其次呢？」

「還是動作！」

沒想這就是演說大師的祕訣，他還強調，這項技能只有透過後天的努力才能高人一等。

事實上，在演說家的技巧中，動作是最為粗淺的，還不如說是身為演員的必備技巧。可是狄摩西尼把它捧得那麼高，勝過其他的高階技巧，如創意、發聲法等。彷彿動作是演說的核心與唯一的技巧。這真是令人費解，但其實理由很明顯。整體來說，在人性中，愚蠢的層面多過於明智的部分，因此，能引起愚蠢人性的注意力，才是最強而有力的技能。

面對公共事務時，情況也是大同小異。當中最重要的技巧是什麼？就是大言不慚，那第二和第三重要的是什麼？還是大言不慚。只有無知和沒自信的人，才會夸夸其談，而這種能力談不上有任何高尚之處。然而，大言不慚之徒總是能蠱惑見識短淺、膽小怯懦之人，讓這些市井小民畏首畏尾。他們還有辦法趁著智者、強人軟弱時，落井下石一番。

不難發現，在民主國家，大言不慚之徒具有神奇的魅力，到處都吃香，但在元老院和君王面前，就很容易被看破手腳。他們剛進入政壇時還能呼風喚雨一陣子，不久後就一事無成，因為他們的承諾總是會跳票。給人治病的有些是江湖郎中，給國家解決問題的也有庸醫。這些人號稱會治百病，還用一些實驗方法，幸運地治好了兩三個人，但缺乏學理上的依據，所以療效不可能持久。

這些人老是保證會做大事，但卻只會丟自己的臉。失敗之後，他們便會大言不慚地輕輕帶過，或是轉移話題，當作什麼事都沒發生。

在判斷力強的人看來，大言不慚之徒就是個笑話。就算是平民百姓，也能看出那些人說話有多荒唐。不過，大家可能是把他們的言行當成笑料。畢竟，浮誇的人言行破綻百出，出洋相的時候更是好笑：眼神呆滯，表情都僵住了。這是必然的，有羞恥心的人，情緒會流露出來，而大言不慚之徒遇到事情只會手足無措。就像下棋時被逼和，雖然王棋沒有被將死，但也無法再更進一步。最後這一點適合拿來寫文章挖苦大人物，但不適合當作研究題材。

考慮以上這些因素，討論事情的時候，絕不能聽他們的意見，但在執行時可以派他們上場。要把這些人擺在對的位置，當作副手或是聽令辦事就好，絕不能讓他們獨當一面。在討論階段要能評估風險，在執行時就不能顧慮太多，除非危險已經在眼前，而大言不慚之徒總是盲目冒進，最適合當急先鋒。

培根金句

「在人性中，愚蠢的層面多過於明智的部分，因此，能引起愚蠢人性的注意力，才是最強而有力的技能。」

13 論行善：人天生就喜歡做好事嗎？

就我來看，所謂善行，是為他人某福利，也就是希臘人所說的「博愛」（Philanthropia）。而「人道」（Humanity）這個詞，按一般人的用法，比較不能充分表現善行的意思，畢竟後者展現了神的慈悲。

過度渴求權力，導致天使墮落；過度渴求知識，導致人類墮落。但博愛沒有上限，不管是人類還是天使，都不會因此身陷危險。在人的天性與內心深處，總是有做善事的念頭，就算不想對人好，也會對其他生物友善。這一點在土耳其人身上特別明顯。這個民族打仗時很殘忍，對動物卻很仁慈，還會餵食野狗和野鳥。法蘭德斯的作家布斯貝克（Busbecq）曾出使到君士坦丁堡，根據他的記載，某天有個男孩惡作劇，綁住了一隻長喙鳥的嘴，結果差點被人用石頭砸死。

行善是習慣，而善良是天性。在所有的心理特質中，最高尚、最有影響力的就是慈愛，沒有它，人就是種愛管閒事、喜歡惡作劇、無恥可厭的生物，比害蟲害鳥好不了多少。教會強調博愛的美德，而它具體表現在善行中，雖然有時會犯錯，但做再多都不嫌過分。

確實，秉持博愛的精神行善，還是會犯錯。義大利人有句諺語不大厚道：「善良過頭的人就不是好人。」在《論李維》一書中，義大利的大學者馬基維利更是大膽、直率地指出：「在基督教的影響下，善人變成殘暴不公者的俎上魚肉。」因為沒有一種法律、教派和學說，像基督教那樣強調做人要良善。因此，好人做過頭，就會破壞基督教的名聲，進而危害教會。為了避免這種情況，最好了解為何如此高尚的德行會使人犯錯。

努力為他人謀福利，但不要被人們的外表或自己一時的情感所蒙蔽，那只會讓你變成心軟的爛好人，讓你純淨的心被綁架。正如在《伊索寓言》中發現一顆寶石的公雞，牠得到一粒麥子反而快樂和幸福得多。

我們也可以看看上帝如何行善，這是最好的範例：「祂叫日頭照好人，也照歹人；降雨給義人，也給不義的人。」（《馬太福音》第五章）但上帝賜予財富、名聲和天分時，每個人都得到分量都不相同。因此，一般的好處所有人均沾，但特殊的贈禮就只有挑選出來的少數人才可以享有。

畫圖的時候要注意，畫完像之後，不要破壞臨摹的原型。神創造了愛，但對鄰人的愛只是畫像，對自己的愛才是原型。《馬可福音》第十章說：「去變賣你所有的，分給窮人，就必有財寶在天上；你還要來跟從我。」但除非你要跟從神，千萬不要把所有的家產都變賣了。不過只要得到神召，就算財產不多，也能做出許多善事，不會比富人差。否則，賣光家產分給窮人，就像為了注滿小溪而讓上游的泉水枯竭。

在理性的指引下，我們懂得行善。除此之外，有些人天生就是大善人，甚至在我們每個人的天性中，都有著行善的念頭。相對地，我們也有為惡的衝動。有些人天生見不得別人過得好。個性有點頑劣的人，言行偏執、不講理又難相處，好跟人作對。劣根性強的人，則老是嫉妒他人，一心想傷害別人。

這種幸災樂禍、落井下石的人，連給乞丐拉撒路舔瘡的狗也不如（《路加福音》第十六章）。他們就像是在傷口處嗡嗡叫的蒼蠅，又像那些「厭世者」一樣，只會告訴人家哪裡有粗的樹枝可以上吊。他們應該像雅典的貴族泰門那樣，在庭院裡種一棵樹供人結束生命。

這種人的性格可說是非常扭曲，但最適合到政界去打滾。彎曲的木材可以拿來製造在激流或大浪中顛簸的船，卻不適於用來建造巋然挺立的房屋。

行善的方式有很多種，程度也不同。對外國人親切有禮，代表我們身為世界公民，精神上不是孤島，沒有與其他陸地隔離，而是與所有人相連成一片大陸。對別人的苦痛有同情心，那我們就像是那種高貴的沒藥樹，為了奉獻自己的香膏，寧願被劃開傷口。

原諒或寬恕他人的過錯，表示我們的內心不再受傷，還變得更完整。對滴水之恩心懷感激，代表我們看重的是心意，而不是金錢。最重要的是，若有聖保羅的完美品德，為救自己的兄弟而願受詛咒與基督分離，那此人身上有許多神性，與基督有契合之處（《羅馬書》第九章）。

培根金句

「在所有的心理特質中，最高尚、最有影響力的就是慈愛，沒有它，人就是種愛管閒事、喜歡惡作劇、無恥可厭的生物，比害蟲害鳥好不了多少。」

14 論貴族：王侯伯爵們能做什麼？

貴族是個人的身分，也是整個國家的一個階層，我們先從後者來談。

沒有貴族的君主國家，是絕對的專制，如土耳其人的帝國那樣。貴族可以制衡君王，並且分散民眾對王室的注意力。

民主國家不需要貴族，沒有那些世家，社會更安寧，較少有叛亂的威脅。因為人民的焦點只放在公共事務，而不是大人物的身上；他們頂多想知道誰適合主持公共事務，而不在乎他的紋章和家世。

舉例來說，瑞士有許多州，宗教也多樣，卻國泰民安，因為其社會是靠著共同的利益而維繫下去，而不是對某些政治人物的尊崇。低地國家荷蘭也是治國有方，人人權利平等、政府決策公正，人民更樂意繳納稅賦。

的確，貴族階層強大而有權勢，能增加君王的威嚴，但同時會削弱他的權力。貴族能給人民帶來生氣和活力，卻會榨取他們更多的財產。理想的狀態是，貴族的勢力不會大到尾大不掉，不會威脅君王或踞於法律之上，但又保持一定的尊貴，這樣就能防範庶民的無禮行為，以維持君王的威嚴。

但貴族人數太多，會影響經濟，造成一些社會問題，畢竟他們的開銷是一筆額外的費用。還有許多貴族會家道中落，其爵位和財產不成比例。

再來談談貴族的個人狀況。看見沒有破敗的古老城堡或建築，或是枝繁葉茂的美麗喬木，都讓人肅然起敬。同樣地，古老的貴族世家能禁得起歲月的考驗與風雨的打擊，更為令人敬重！即使君王可以賜予新的爵位，但只有時間才能造就百年世家。

新興的貴族總是氣焰強大，但他們能飛黃騰達，除了才智過人，多少也用上了一些不光彩的手段。不過合理來說，他們的後人便是清白的，不僅沒有前人的缺點，還繼承了各種長處。

出身貴族的人，進取心大多不強，但反倒會嫉妒其他上進的人。貴族本來就很難再往上爬，爵位升不上去的人，看見別人發達了，很難沒有嫉妒心。另一方面來說，既然他們的爵位是與生俱來的，老百姓就不大會嫉妒他們的地位與身分。

公務交給有才能的貴族，更能順利完成，君王也比較放心。他們生來就有發號施令的魅力，百姓自然而然會聽話。

培根金句

「民主國家不需要貴族，沒有那些世家，社會更安寧，較少有叛亂的威脅。因為人民的焦點只放在公共事務，而不是大人物的身上。」

15

論社會動亂：領導人如何平息民怨？

治理國家的人應該多了解時令，比如哪些季節暴風雨多。在自然界中，在晝夜平分之時，風雨最大；在社會中，各階層勢力不相上下時，也最容易產生暴動。暴風雨來臨前，狂風呼嘯、海上暗流湧動；動亂來臨前，社會中也有各種跡象。羅馬詩人維吉爾（Virgil）說道：「太陽經常提出警告，威脅潛伏，動亂就要來臨。有人正在密謀行動，醞釀戰爭。」

人們不斷公開毀謗國家，發表放肆的言論。對國家不利的假消息四處傳播，眾人信以為真；這些都是動亂的徵兆。維吉爾寫道：「根據傳說，謠言女神是巨人科俄斯（Coeus）和恩克拉多斯（Enceladus）的妹妹。大地女神蓋亞激怒了眾天神，還生下了謠言。」

維吉爾這樣說，好像謠言是過去叛亂的產物，其實謠言也是未來叛亂的前奏。維吉爾說的也對，即叛亂和謠言其實是手足。那怕是最好、最值得稱道以及最贏得民心的施政措施，也會被惡意地屈解。這時，民眾的不滿已很強烈。塔西佗在《歷史》一書提到：「民怨一旦被激起，不管施政好壞，都會受到批評。」

雖然謠言是動亂的徵兆，但用過於嚴厲的手段來防堵，不能平息民怨。最好的方法是冷處理，不把那些話當一回事。否則，官員四面出擊去撲滅謠言，民眾反而對那些議題的熱度會更長久。

塔西佗提到，有一種「服從態度」非常不可取：「軍人的天職應該是執行命令，但他們總是任意解讀將軍的指令。」這些頑劣分子總是在爭辯、反駁或是藉故抗命，以擺脫羈絆、違抗上級。在爭辯中，恪守本分的軍人，說話時忐忑小心，但有違逆之心的，卻大放厥詞。

馬基維利說得很好，君王應該是全體百姓的父母，如果他加入任何一個黨派，政府就會像一艘兩邊載重不平均的船，必將傾覆（《論李維》）。

法國亨利三世就是一個教訓。他在位的時候，為了消滅新教徒，而加入了天主教聯盟。但不久後，聯盟就反過來把矛頭對準他了。在至高無上的權力之外，君王如果跟任何派系有緊密的紐帶，王權就會變成某些團體的工具，君王就開始失勢了。

人民一旦拉幫結派，在公開場所放肆爭吵、武裝衝突，就代表他們失去對政府的敬畏。根據希臘天文學家托勒密的理論，在最外圈星球是「首動者」，在它強大的推力下，帶著其他行星快速公轉，它自己也緩緩地在自轉。同樣的道理也可用在政府的高官身上，當他們自轉過快，就會如塔西陀所說的：「太過放肆，忘記誰才是他們的國王。」這種狀況就像行星脫離了軌道。君王能被人民敬畏，是上帝的賜予，所以也能被收回，上帝說：「我也要放鬆列王的腰帶。」（《以賽亞書》第四十五章）。而政府有四大支柱：宗教、司法、議政和財政等機關，當它們功能失常，無法發揮效用時，人民就只能祈禱好運了。

關於叛亂的跡象，我們先談到這裡，之後還會再進一步探討。先談一談引發叛亂的具體成因，接著提到點燃行動的導火線，最後再談補救方法。

叛亂的具體成因，值得詳加思考。如果環境允許的話，最有效的防治方法，就是解決根本的問題。否則，若現場堆滿易燃物品，一旦有不知從何處迸發的火花，就會點燃熊熊大火。

引起叛亂的原因可分成兩類：赤貧和民怨。可想而以，有多少人破產，就有多少人會支持推翻政府。羅馬詩人盧坎（Lucan）生動描述了羅馬內戰前的情形：「有許多貪婪的人開始放高利貸，以複利的方式收取高額利息。人與人的信任逐漸消失，開戰反而對某些人有利。」

只要戰爭狀態「對許多人有利」，那無可置疑地，社會就會瀕臨崩潰的邊緣，動亂隨時會爆發。饑荒所引起的叛亂最嚴重。上層階級破產、變成窮人，下層階級饑寒交迫，兩者交相作用下，國家就會面臨很大的危機。

至於民怨，就像人體中體液不平衡，會導致發燒不退的情況。民怨不一定出於正當的理由，君王千萬不可依此判定風險。群眾大多不太理智，常常會排斥對自己有利的事物。一旦恐懼超出了現實的範圍，就會產生最危險的不滿情緒，正如古羅馬作家小普林尼（Plinius）所說：「痛苦還有限度，但恐懼沒有。」

況且，在沉重的壓迫之下，人們內心難以承受，勇氣也會被壓抑，但恐懼卻會不斷滋生。因此，君王和國家在面對民怨不能心存僥倖，更不能當作司空見慣的小騷動，沒有發生危險就好。

當然，不是每次雲層濃厚都會出現暴風雨，大多都會消散，但暴風雨終有一天會來臨。有一句西班牙諺語說得好：「繩子總是在輕輕一拉的時候斷掉。」

而引發暴動的導火線很多，包括宗教、稅務、法律以及習俗上的改革與變動。在政治上，派系惡鬥、小人得勢、某個階級被剝奪特權，人民受到廣大的壓迫，也會造反。此外，本地商人以及退伍軍人沒有獲得妥善照顧，也會暴動。總之，只要冒犯人民，使他們為了一個共同的目標而串連起來，就會撼動政局。

至於要如何補救呢？我們會談到一般性的預防措施。但要治好社會的疾病，就要看具體的病因在哪，才能對症下藥，不能一概而論。

首先，政府要先用上一切手段，消除引發叛亂的具體成因，我們前面有談到，也就是貧窮與物資匱乏。為了有效解決經濟問題，就必須開放貿易，促進商業流通。政府應該獎勵製造業，懲罰遊手好閒的民眾，並頒布禁奢令，改善人們鋪張浪費的習慣。相關單位應該著手改良土壤與耕作方式，以及控制物價、減輕稅賦等。

整體來說，除非因戰爭導致人力缺乏，否則政府必須規定，總人口必須有上限，不能超出物產所能供養的數量。此外還必須顧到國民素質，否則就算人口少，但人人花費高，也會拖垮一個國家。反之，若人口多，但民風純樸、儲蓄率高，國力就還穩定。因此，貴族和有爵位的人數增加，與平民人數不成比例的話，經濟很快就會被拖垮。神職人員太多的話也是如此，因為他們不事生產。還有，學者太多、但職位少，也會帶來類似的問題。

記住，國家整體收入增加，一定是出自於國際貿易，畢竟有出才有進。但只有三個領域才可以進行國際貿易：農礦業、製造業和運輸業。如果這三個輪子都轉起來，那麼財富就會像春天的潮水一樣滾滾而來。羅馬詩人奧維德說：「手藝的價值比材料本身還高。」因此，工藝和運輸比原料更值錢，更能讓國家富裕起來。像荷蘭等低地國家就發揮這些長處，他們的工藝與運輸十分發達，可比擁有珍貴的礦藏。

最為重要的是，政府要有效管理，不讓珍寶和金錢聚集在少數人手裡。不然的話，國家有再多財富，人民仍會餓死。金錢就像肥料，只有遍地施灑才有功效。因此，像高利貸、貿易壟斷和大規模圈地等弱肉強食的做法，必須嚴格管控，最好全面禁止。

若無法化解民怨，至少要減低連帶產生的風險。大家都知道，每個國家都有兩個階級：貴族和平民，若只有一群人心懷不滿，危險還不大。沒有貴族煽動唆使的話，老百姓行動力不會高。相對地，上層階級人數少，需要民眾加入才能成氣候。

於是動亂的危險就出現了。貴族會先讓民眾議論紛紛，接著再出面公開表露不滿。在荷馬史詩《伊利亞德》中，諸神打算綁住眾神之王朱庇特。後者得到消息後，採納了巨人帕拉斯（Pallas）的建議，找了百臂巨人布里亞柔斯（Briareus）來幫忙，才化解危機。

這故事象徵，讓人民保持對君王的好感，才有助於維持他的安全。因此，給民眾適度的自由，也是一種保護君王的方法；讓他們發洩悲傷和不滿，才不會肆無忌憚地想作亂。正如不可以堵住傷口，否則血一流回體內、造成體液不平衡，就恐怕會導致惡性潰瘍和毒性膿腫。

說到避免民怨四起，艾比米修斯（Epimetheus）的作法比他的兄弟普羅米修斯好多了；後者只知教導人類知識。艾比米修斯讓苦難與災禍飛出盒子，最後把蓋子蓋上，把希望留在了裡頭。因此，解除不滿之毒的最好藥方，就是精心打造夢想，巧妙地孕育希望，讓人們不斷地懷抱各種想望。

要如何看出政府或政策的高明之處？當政府再也無法滿足人民的需求時，就端出希望。不管是哪個領域的事務或是哪種災禍，一定都有彌補的空間，總是有解決的希望。這一點不難辦到，不論是個人和團體都喜歡自欺欺人，哪怕心知肚明，也還是願意配合演出，假裝有希望。

此外，當前政府要提防更英明的領袖出現，他會受到不滿的群眾擁戴，進而集結人民反抗政府。這一點大家都明白，但還是要擬定充分的預防措施。

這位英明的領袖通常身處高位、享有聲名，才會受到民眾的信任與寄望。人民認為這位反對領袖與自己站在同一邊。因此，我們一定得把他拉攏過來，讓他誠心地歸順國家，否則就得在同黨中扶植一人與他抗衡，分散他的號召力。

就政治上來說，我們要想辦法分化、瓦解危害國家的所有派系和聯盟，讓它們互相猜忌甚至內鬥，這樣就能有效解除民怨。相對地，支持國家政策的人老在衝突和內訌，但反對派卻是齊心協力，那形勢就很危急了。

要注意，領導人若老是隨口說一些尖酸或自以為風趣的話，就等於是提油救火，加速動亂爆發。凱撒曾挖苦以前的獨裁官蘇拉（Sulla）：「他書讀得不多，所以不懂怎麼當獨裁官。」這句話給凱撒自己帶來數不清的傷害，也粉碎人民的希望，認為他不會再當獨裁官。皇帝加爾巴則說：「我們是徵兵制，軍人不是來領薪水的。」這句話給他招來了殺身之禍；麾下的將士感到絕望，因為努力得不到獎賞。皇帝普羅布斯（Probus）也是這樣，他說：「如果我長命百歲，羅馬帝國就不再需要軍隊了。」將士們聽到這番話都很心寒。類似的例子還很多。

因此，當時局不穩定時，君王在敏感議題上必須出言謹慎。有一些三言兩語隨口說出，像利箭般飛出，很容易讓人以為是在位者的真心話。他們那些長篇大論的談話太過沉悶而無趣，反而沒人在意。

最後，不管何時，君王身邊至少都要有一位勇猛的軍事將領，只要有叛亂些微爆發，就馬上出兵鎮壓。否則，動亂一起，朝廷眾人一定會驚恐不已，國家就會陷入危險。正如塔西佗在《歷史》寫到：「膽敢帶頭作亂的只有少數人，不過他們會吸引許多人響應參與。但所有人會默許、縱容這一切。這就是人性。」這位將領必須忠誠而可靠，聲譽卓著，不能是拉幫結派、嘩眾取寵之徒。他還必須和其他大臣合得來，能相互搭配。不然，良藥就會變毒藥，疾病本身更可怕。

培根金句

一旦恐懼超出了現實的範圍，就會產生最危險的不滿情緒，所謂「痛苦還有限度，但恐懼沒有」。

16 論無神論：為什麼要相信神存在？

我寧可相信《黃金傳說》（*The Golden Legend*）、《塔木德》、和《古蘭經》裡的所有寓言，也不願相信宇宙沒有精神。上帝創造奇蹟不是為了駁倒無神論。祂所造的日常一切事物，就足以讓懷疑論者啞口無言。

學過一點點哲學的人會傾向於無神論，但深究哲學又會讓人回歸宗教。我們總是在動腦研究人的所作所為，也就是基督徒所謂的第二因，並以此為滿足，不再作進一步的探究。可是當我們看到人間事相互聯結、環環相扣，就必然會回到上帝。

最常被指責為無神論的古希臘學派，創立者有留基波（Leucippus）、德謨克利特（Democritus）和伊比鳩魯。這些原子論者認為，萬事萬物是由一大群無限小、不斷變動的粒子組成，不需要上帝的命令，就可以構成美麗而有秩序的宇宙。但這種理論跟神學中的觀念卻十分相近。

相較之下，後來哲學家的理論反而更難取信於人。赫拉克利特（Heraclitus）認為，不需要上帝，只要透過地、水、火、風等四種可變元素，就能解釋萬事萬物的生成與消失；亞里斯多德則加了一項「乙太」這項不動元素。

《詩篇》第十四章說：「愚頑人心裡說：『沒有神。』」當中沒有提到愚頑人內心真正的想法。他們只是無意識地不斷複誦一廂情願的看法，而不是內心完全信服的事情。有些人為了自己的利益而宣稱上帝不存在。但除此之以，沒人否認上帝的存在。

無神論者總是喋喋不休地談論自己的觀點，但內心深處卻不大堅定。他們想要得到他人的贊同，好強化自己的信念。由此可以看清，無神論只是用來說嘴，但沒有深入到他們心裡。

雖然如此，無神論者還是跟其他教派一樣，努力招徠門徒。最難解的是，為了捍衛無神論，他們情願遭受折磨，也不肯公開認錯。如果他們真的認為上帝不存在，又何必給自己惹這個麻煩呢？

伊比鳩魯認為，世上的確有自由自在的福神，但他們只想逍遙快活，並不操心人間事務。不過，有人指責他為了自己的聲譽，才編造這種虛假的觀點。也就是說，伊比鳩魯那番話是違心之論，其實他認為神不存在。當然，這種指責誣衊了伊比鳩魯的人格。他的說法不但有智慧，更表達了對神的敬重：「否定神的存在，不算是褻瀆。但把俗人的意見當作神的旨意，才是褻瀆神明。」柏拉圖也說不出這麼睿智的話。伊比鳩魯明確指出，天神不負管裡人間事務，但他沒有極力否認神的存在。

西印度群島的印第安人給每個神明都起了名字，但卻沒有上帝的名字。就好像古代歐洲的羅馬人有「朱庇特」、「阿波羅」、「瑪爾斯」等名字，卻沒有「上帝」這個詞。這表明，即便是那些野蠻民族，也有神的概念，雖然還不知道這個概念所指涉的範圍到哪邊。由此可見，蠻族也站在頭腦最清楚的哲學家這一邊，反對無神論。

無神論者大多不喜歡批判性思考，除了古希臘的詩人迪亞哥拉斯（Diagoras）、彼翁（Bion）和琉善等。無神論者好像很多，因為只要挑戰官方信仰或反對根深蒂固的迷信，都會被對手指責為無神論者。不過，著名的無神論者確實都是些虛偽的人。他們總是不帶感情地在談論神聖事物，一定會被當成冷血的人。

無神論出現的主要因素在於，基督教分裂太多次了。若教會只有一次重大分裂，那雙方還會積極地展開辯論，但分裂太多次，就會有無神論者出現。另一個原因是教會那些可恥的醜聞，聖伯爾納鐸（St. Bernard de Clairvaux）說得很明白：「如今，神職人員的地位不再跟人民一樣，因為人民沒做那麼多壞事。」第三個原因是，市井小民總愛嘲笑神聖的事物，這些褻瀆的言論會一點一滴地侵蝕對上帝的崇敬之心。

最後的一個原因是，當前學術發展蓬勃，社會和平又繁榮。而只有憂患與苦難，才會使人投向宗教的懷抱。

否認上帝存在，也等於否定人的高貴性格。就生物學來說，人跟野獸差不多，如果精神上不接近上帝，就是個低賤的生物。如此一來，人性無法提升，高貴的一面也蕩然無存。哪怕是一條狗，只要意識到有人在照顧牠，都會散發出活力和勇氣。對牠來說，主人就像是天神或是「更高等的生命」。如果沒有十足的信任感，狗不可能展現出這種勇氣。人也是一樣。當我們依靠和信賴神的保護和恩寵，就能獲得自身以外的力量和信念。

因此，不管從哪方面來看，無神論都只有缺點。它剝奪人類成長的機會，導致我們無法克服軟弱的那一面。它不僅對個人沒有助益，更會危害整個民族。

從歷史來看，羅馬可說是人民素質最高的國家。西塞羅說：「諸位議事官，儘管我們自視甚高，但論人數不及西班牙人，論體力不及高盧人，論策略不及迦太基人，論藝術不及希臘人，論天生的愛國心，我們不及土生土長的原住民。但是我們的信仰非常堅定，深信世間萬物都由神所掌管；這是唯一的真理。由此看來，我們勝過了所有國家和民族。」

培根金句

「哪怕是一條狗，只要意識到有人在照顧牠，都會散發出活力和勇氣。」

17 論迷信：為什麼盲信比不信還可怕？

關於神，寧可沒有見解，也好過抱持不適當的見解。前者是不信神，後者卻是毀謗、侮辱神，迷信正是這樣的行為。羅馬作家普魯塔克（Plutarch）說得好：「我情願有人說，世上根本沒有普魯塔克這個人，也不願聽到謠傳，說從前有個普魯塔克，他專門吃自己剛生下的小孩。」詩人說，農神薩杜恩（Saturn）就是那麼可怕。因此，汙蔑神的言論越多，侮辱人的說詞也會更多。

無神論帶領我們認識理性、哲學與法律，讓我們重視家庭與自己的美名。即便沒有宗教，我們還是能投入這些領域，滿足基本的道德要求。但迷信卻破壞了這些基本美德，並灌輸我們一些不可質疑的觀念。

因此，無神論不會破會社會安寧，反而讓人們自我警惕，生活有哪些層面必須要特別注意。因此，無神論盛行的時代，如屋大維主政的時期，都是文明的時代。但迷信盛行的時代，許多國家陷入混亂，它形成一股新的破壞力，影響各個政府的施政。

而普羅大眾就是迷信的傳播者。社會風氣一形成，智者反倒會去追隨愚人，知識讓位給愚行。在特倫托會議（Council of Trent）上，經院派人士占優勢，有些高階的神職人員不以為然：「經院哲學家們就像天文學家，在解釋宇宙現象時，為了自圓其說，以偏心輪、本輪等概念解釋天體運行，儘管他們知道這些東西並不存在。」他們依樣畫葫蘆，制訂出了許多精妙複雜的架構和定理，以解釋教會的功能。

迷信形成的原因有很多。有些新教派會發明一些令人身心舒暢的活動，比較吸引人。傳統教會只注重表面的神聖儀式，遵守不合時宜的舊規定，導致自己無法擺脫長期下來的各種負擔。而高階神職人員只會想方設法斂財，以滿足自己的野心。從民眾的角度來看，宗教活動只要用意良善就好，許多別出心裁和標新立異的作法因此盛行起來。但人總是用自己的角度揣摩神的旨意，於是出現各種分歧的宗教觀念。在災禍橫行的黑暗時代，迷信更是容易深入人心。

猿猴像人，但其實還是野獸，所以看起來更醜。迷信像宗教，但其實是四不像，終究還是怪力亂神之說。鮮肉腐爛了就會生出許多小蛆，宗教活動被濫用，也會變成沒有內涵的繁文縟節。

有些人會突然醒悟，想要趕快拋棄以前的迷信行為，但過程中又會產生新的迷信。所以要當心，不要在去除壞習慣時，把好行為一併放棄（就像瀉藥下得過猛）。尤其社會改革由人民主導時，更會產生這種情形。

培根金句

「寧可沒有見解，也好過抱持不適當的見解。前者是不信神，後者卻是毀謗、侮辱神。」

18 論壯遊：為什麼年輕人應該出國增長見聞？

沒有接觸過當地的語言就前往某個國家，那就不是去壯遊，而是去旅遊。

我非常贊成，在私人教師的指導或可靠僕人的陪伴下，年輕人去國外壯遊。指導者必須熟悉當地的語言，並且那裡待過一陣子，才能告訴年輕人，在即將前往的國家，哪些景點值得看、該認識哪些人以及可以學到哪些課程和技能。不然的話年輕人就像是戴了眼罩去旅行，看到的人事物很有限。因此，對年輕人來說，壯遊也算是接受某種教育，年長之後，就可以作為一種人生經歷。

有趣的是，在海上航行的時候，除了天空和大海，什麼景色都看不到，人們卻會努力地寫日誌。但在陸地旅行的時候，可以觀察的事物那麼多，人們卻沒有一一記錄，頂多寫下偶然發生的趣事。所以，壯遊時帶上日記好好寫作吧！

國外有許多事物值得觀察和欣賞：

政治：君王接見使臣的場合，以及一般法庭和宗教法庭開放旁聽的時候。
宗教：教會、修道院和紀念物。
軍事：大小城牆、港灣的堡壘、艦隊、軍械庫、兵工廠、火藥庫，觀摩士兵操練。
教育：參觀圖書館、學院，參加學術討論和講座，欣賞馬術與擊劍練習。
建築：市郊的宅邸和花園以及豪華的公共遊樂場。
商業：交易所、市場、貨棧以及航運設施。
藝術：上流人士趨之若鶩的喜劇，貴族珍藏的珠寶和禮服，以及博物館的珍稀收常品。

總而言之，當地所有值得注意的事物，僕人或私人教師應該先做好功課。至於軍隊的凱旋式、假面喜劇、婚禮、葬禮或處決人犯等場合，就不一定要觀看，有時間再說。

想要在壯遊時儘快看到成果，在短時間內學到許多事情，就必須注意以下事項。首先，前面提到，出國前必須略懂那個國家的語言。其次，他身邊的僕人或私人教師必須熟悉當地文化。旅行時，要攜帶地圖和參考書，有疑問時隨時翻閱。每天寫日記。不要在一個城鎮待得太久，考察完感興趣的事物，就可以離開。

不僅如此，待在城鎮的時候，要輪流住在不同的城區，這樣才能多認識人。在當地不要和自己的同胞來往，用餐時，最好選擇能遇到上流人士的餐館。

變換住處時，記得求人引薦該區有頭有臉的人士。這樣的話，想得到什麼資訊，就有人可以求援，不用走許多冤枉路，以節省寶貴的旅行時間。

在當地壯遊時，最應該設法認識的人，就是各國大使的祕書和隨員，保證獲益良多。這麼一來，就可以從對方口中得到其他國家的資訊。此外，我們也應該去拜訪享譽國際的各方傑出人士，看看他們是否真有實力，還是徒有虛名。

還有，最好小心謹慎、避免與人起衝突，不要爭風吃醋，也不要爭先恐後。在敬酒致詞等社交場合，說話千萬不可傷人。此外，不要和性格暴躁、喜歡吵架的人來往，以免捲入他們個人的紛爭。

壯遊結束回國後，絕對不可以把經歷過的人事物拋諸腦後，尤其是在國外認識的貴人，一定要保持書信往來。壯遊所得的見識，要在言談中表現出來，但不需要穿上異國服飾，或刻意模仿外國人的舉止。有人發問時，要審慎、理智地講述過程，不要急於分享趣聞軼事。更不要崇洋媚外，放棄自己原來的樣子，舉手投足都學外國人。本國習俗應該保留，再融入一些外國文化的優點就好。

培根金句

「壯遊所得的見識，要在言談中表現出來，但不需要穿上異國服飾，或刻意模仿外國人的舉止。」

19 論治國：君王在施政時如何保持中庸之道？

「想要的東西很少，恐懼的事情卻很多」，這種心態最可悲，不過大部分的君王都是這樣。他們位居至尊、無所希求，所以精神比一般人更為萎靡，卻一直想著哪裡有危險徵兆，所以腦袋一團混亂。《箴言》上說：「君王之心也測不透。」這也是他們消極的原因之一。

只要有爭奪大位的企圖心，人就會有各種想要完成的目標，並分成階段完成。但許多君王沒有雄心壯志，再加上生性猜疑，所以心思很難揣測。因此，他們得幫自己製造一些欲望，寄情於有趣的俗事，比如蓋房子、創立修道會、提拔新人。有的君王專精於某些技藝，如暴君尼祿喜歡彈豎琴，圖密善（Domitian）是射箭高手，康茂德（Commodus）好劍術，卡拉卡拉（Caracalla）擅於駕駛馬車。以上這些事實，有些人覺得難以置信，是因為不明白這個道理：「與其在重大事務上停滯不前，這些日常興趣更讓人振奮精神、恢復活力。」

眾所周知，有些君王早年是戰功彪炳的征服者，但他們不可能一輩子都在征戰，也總有時運不濟、遇到阻礙的時候，於是在晚年就變得迷信、憂鬱，例如亞歷山大大帝、羅馬皇帝戴克里先（Diocletian），還有我們熟悉的神聖羅馬帝國皇帝查理五世。習於積極奮鬥的人，事業停滯不前，就會失去自尊、性情大變。

現在來談談中庸的治國術。做事很難兼顧各方的需求，也不容易維持穩定。各種對立因素搭配得好，就能達到平衡，否則就會混亂失序。因此，協調的功夫非常重要，否則就只有打掉重練一途。

羅馬帝國的數學家阿波羅尼烏斯（Apollonius）有段話很有道理。皇帝維斯帕先問：「為什麼尼祿會被推翻？」阿波羅尼烏斯答道：「尼祿喜歡彈奏豎琴，也知道如何調弦，但治國時，他有時把弦繃得太緊，有時卻放得太鬆。」確實，施政沒有採取中道，沒有因時制宜，有時採用高壓手段，有時卻消極放任，這些作法會破壞皇帝的威信。

確實，當今的君主們沒有治國的大智慧，當危險和麻煩逼近時，就用巧妙招數化解，或是乾脆逃避不理。他們不打算用具體的措施和步驟，來防患於未然。

這跟賭運氣沒兩樣。因此人們要小心，社會出現動亂的跡象時，不要忽視或容忍。沒人能阻止火花迸發，也無法預測會來自何方。

要成為稱職的君王，得克服許多困難，但最大的障礙來自他們的內心。他們常常有些矛盾的想法，因此塔西陀說：「國王的欲望很難滿足，而且大多互相衝突。」他們想要達到目的，但又不想弄髒自己的手，這就是上位者的矛盾。

君王要應付的人很多：鄰國、皇后、子嗣、神職人員、貴族、紳士、商人、平民和軍人，如果不小心謹慎地對待，危機就會出現。

先談鄰國。事實上，國際局勢多變，很難整理出大原則，但有一條永遠適用。君王應該隨時保持警覺，不讓鄰國的勢力擴大，以前威脅本國的安全。因此，政府要提防鄰國企圖擴張領土、壟斷國際貿易以及在邊境布防重兵。一般來說，君王身邊的顧問必須洞燭先機，避免這種危機出現。

在英王亨利八世、法王法蘭西斯一世和查理五世三雄鼎立的時期，只要有一國多出一丁點土地，另外兩國馬上就會採取制衡措施，要麼結盟，或在必要時訴諸武力，絕不會犧牲本國長遠的利益，以換取暫時的和平。

那不勒斯國王費迪南多（Ferdinando）、佛羅倫斯的統治者洛倫佐・麥地奇

（Lorenzius Medices）、米蘭大公斯福爾扎（Ludovico Sforza），三位也結成聯盟。歷史學家圭恰迪尼（Francesco Guicciardini）認為，這個聯盟確保了義大利的和平與安全。

經院派哲學家湯瑪斯・阿奎那認為：「唯有受到侵略或挑釁，才有正當的理由發動戰爭。」我反對這種觀點。即便尚未受到攻擊，只要有證據指出，危險即將到來，那毫無疑問地，政府就有正當理由出兵攻打鄰國。

歷史上有許多皇后做出殘忍的事。利維婭對奧古斯都下毒，因而臭名昭著。在奧圖曼帝國，在皇后羅克薩拉娜（Roxalana）煽動下，國王蘇萊曼（Solyman）處死英明的王子穆斯塔法（Mustapha），還為了繼承問題，把整個皇室搞得天翻地覆。英王愛德華二世的王后，就是廢黜和謀殺丈夫的主謀。君王一定得防範皇后有姦情，或密謀把自己的孩子立為王儲，否則就會危及王室的安全。

君王的子嗣造成的悲劇也不勝枚舉，甚至導致國力衰退。一般來說，父親一旦懷疑子嗣居心不良，宮廷就會發生悲劇。穆斯塔法之死，重重打擊蘇萊曼皇族的團結。直到今天，還是有許多人懷疑繼位的塞里姆斯二世（Selymus II）是皇后的私生子，沒有資格繼承王位。

克里斯帕斯（Crispus）是史上少見的傑出王子，卻被父親君士坦丁大帝殺死，皇室因此分崩離析。大帝的兩個兒子君士坦丁二世和君士坦斯（Constance）都死於非命，他的另一個兒子君士坦烏斯（Constantinus）下場也沒多好，雖然是自然病死的，但死前朱利阿努斯（Julianus）已起兵造反。

馬其頓的腓力五世殺害其子德米特里烏斯（Demetrius），最後受到報應，悔恨而死。類似的悲劇還很多。父親若無法信任子嗣，就很難有好結局。有的子嗣會刻意跟父親作對，蘇萊曼的幼子巴耶濟德（Bajazet）就起兵反抗父親，最後被自己的哥哥塞里姆斯二世殺死。英王亨利二世的三個兒子也都曾舉兵反叛。

有些神職人員地位崇高，當他們驕傲自負的時候，就會威脅到王權。比如坎特伯雷大主教聖安塞姆（St. Anselm）和湯瑪斯．貝克特（Thomas Becket），他們拿起主教的權杖，跟國王的利劍一較高下，以打倒那些魯莽而倨傲的昏君：如英格蘭國王威廉二世（William Rufus）、亨利一世和亨利二世。神職人員會造成威脅，是因為背後有外國勢力撐腰。由平民選出的高階神職人員，也會特別有影響力；國王授予聖職的教士就比較聽話。

至於貴族，最好和他們保持一定距離。打擊貴族勢力，君王當然更可以把權力集中在自己手上，但也會因此樹敵，難以推動想達成的施政措施。在拙作《英王亨利七世本紀》中，我已指出了這一點。亨利七世打擊貴族，所以他在位時，政局充滿了紛爭與騷亂。貴族仍效忠於他，在公務上卻不跟他合作，所以他每件事都得親力親為。

有一些貴族階級比較低，但他們沒那麼團結，所以不會構成太大的威脅。他們有時會批評政局，但不會造成太大危害。若上層貴族太強大，可以拉攏下層貴族來制衡。在統治階層中，他們最接近民眾，最能夠平息民眾的怒火。

至於商人，他們就像匯整體液的門靜脈。商業不繁榮，國家就會像空殼子一樣，血管卻沒有流通，身體與四肢得不到養分。徵收過重的關稅沒什麼好處，國庫只能增加一點點收益，卻會造成嚴重危害。因為稅率一增加，整體貿易量就會減少。

平民沒有什麼危險，除非有強大領袖帶頭，或是政府過度干涉他們的宗教、習俗和民生問題。

軍人最危險。他們生活在一起，又習慣於領取犒賞，最難取悅；土耳其和古羅馬禁衛軍就是這樣。因此，軍隊和訓練基地應該分散各地，並由多個指揮官分別統領，無故不發犒賞，這才是安全的國防措施，以避免軍隊造反。

君王就像天上的星宿，會帶來好的時代，也會帶來災難。他們受到萬民敬仰，卻難有休息的一天。我們要規勸、告誡君王的話有很多，但總結為兩句話。首先，「君王也是人」，所以他們的權力不可無限擴張。其次，「君王是神的代理人」，所以要節制自己的各種欲望。

培根金句

「君王就像天上的星宿，會帶來好的時代，也會帶來災難。」

20 論建言：為什麼顧問與策士對領導者很重要？

人際關係中最大的信任，就是相信建言者。在其他的信任關係中，我們只會託付生活一小部分，比如土地、財物、子女和信貸等具體的事物，但是我們卻會把所有事情都告訴信賴的顧問。因此，擔任顧問的人應當忠誠又正直。無論君王多有智慧或多偉大，都得仰賴策士，沒有人會因此懷疑他們的能力與威信。連上帝也需要建言，還把「策士」定為聖子耶穌的尊號（《以賽亞書》第九章）。所羅門王也堅定地說：「多聽取建言，國家才能安定。」

凡事都會有二次考驗。如果眾人沒有為它吵得面紅耳赤，它也得接受命運的考驗，在大風大浪中上上下下、難以捉摸，就像醉鬼的踉蹌腳步。所羅門王了解建言的力量，他的兒子羅波安卻誤信建言而使國家分裂。上帝所珍愛的王國，就是因為錯誤的建言才分裂解體。因此我們得到教訓，原來錯誤的建言有兩個特點，而且不難發現。首先，它通常是年輕人提出的，其次，它的內容幾乎都很偏激。

君王和策士是不可分離的共同體，所以他在施政時，一定要明智地聽取建言並實際執行。古人用神話故事說明這個道理。據說，眾神之王朱庇特娶了建議女神墨提斯（Metis），此後兩人就不可分離。之後墨提斯懷孕，但孩子還沒生下來，朱庇特就吃了墨提斯。於是他自己也懷了身孕，並從腦袋中生出全副武裝的雅典娜。

這個神話雖然有點殘忍，但卻指出了治國的祕訣：君王應該善用國家的議事機構。

首先，他們得到君王授權討論國家事務，這就是受孕懷胎的過程。在討論中，相關的措施發育成形，然後等著出世，但不能由議會做出最後決定並發布命令，好像全都是他們的功勞。最後的決斷權一定要在君王手上，讓外界看到，最後指示是由他所發出。在人民眼中，君王是經深謀遠慮，才以雷霆萬鈞之勢發布政令，正如雅典娜全副武裝地來到世上。當百姓發現，這些政策不是以君王的權威強行頒布，而是因為他才智過人，這時他的威望就會更高。

不過，請人提出建言，也會有風險，所以要留意以下幾點。首先，你必須透露自己的機密事項，所以祕密可能外露。其二，君王的權威會減弱，造成外人感覺他能力不夠強。其三，顧問不可靠甚至心懷不軌，他們提出的建議都是為了圖利自己。

因為有這些風險，義大利有人提出過一種理論，且法國好幾個君王實踐過：「機密內閣」，英國也有樞密院，但這種解決方法比問題本身更可怕。其實，君王要審慎做選擇，沒有必要把所有事都告訴顧問。他可以針對具體事項分別諮詢，但沒必要講出自己究竟會怎麼做。君王要小心，絕不能洩露重大機密。

至於機密內閣，正如羅馬劇作家泰倫斯（Terence）筆下的寵臣所說：「我渾身上下都是漏洞。」這也許是他們的真心話。多嘴的人以洩露祕密為榮，卻不知造成重大的危害，讓負責守密的人功虧一簣。

有些事確實需要高度保密，除了君王以外只能有一兩個人知道。謀士只有一兩個，也不一定不好，除了保密程度高，給出的建議也比較一致，不會眾人莫衷一是。但只有精明、審慎又專制獨斷的國王才適合這種決策方式。此外，這些心腹也必須是足智多謀的策士，還要死心塌地跟隨國王，以實現他的意志。英王亨利七世就是這樣的國王。重大的事務，除了大主教莫頓（John Morto）與福克斯（Richard Fox）之外，對其他人絕口不提。

不過，要如何維護君王的權威？前面提的神話故事就已經有答案。君王前去主持議事，尊嚴不會減少，反而會提高。從來沒有一位國王因為聽取建言，導致臣民對他失去信心。哪怕某個顧問權勢太大或結成黨羽，也容易被發現並糾正。

下面來談談最後一個風險，策士提出建言是為自己的利益。《路加福音》說：「遇得見世上有信德嗎？」人與人無法彼此信任，是整個時代的問題。有些人天性忠厚又誠懇，做人耿直坦率，但有些人陰險又奸詐；而君王應該招募前者。

一般來說，顧問群總是不大團結，反而是彼此監督。所以，如果其中一人出於私心或黨派利益來進言，總是會有人向君王告發。總之，最好的對治方法是，君王應該了解每個顧問的特質，正如顧問熟知君王的理念，所以古羅馬詩人馬提亞爾（Martial）說：「了解臣下，是君王最重要的能力。」

另一方面，策士不應一心揣摩君王的想法。他們應該具備的品德，就是能幹練地處理公務，而不是摸透君王的個性。屬下應該直言不諱，而不是迎合上級的好惡。

君王應先個別聽取意見，之後再召集眾人一起討論，這樣才能得出有用的結論。在私下場合，臣屬比較能自由發言，開會時說話就比較謹慎。一對一談話時，我們比較放心，敢表達自己的好惡。有他人在場時，說話就難免有各種顧慮。因此，君王最好在以上兩種場合徵詢意見。在私下場合，地位較低的人比較敢發表意見、暢所欲言。在公開場合，地位較高的人講話會比較謹慎，以免觸怒眾人。

不過，只是就事務本身聽取意見，不問該由誰來辦理，那也是白忙。因為事務本身就像無生命的泥塑，挑選合適的人來辦理，才能為它注入生命。所以絕不能籠統、抽象地討論人選，猜想對方是哪種人、有哪種的性格，或只看他的背景資料，都是不夠。不管犯下嚴重的錯誤，或是出於優秀的判斷，凡事最終看個人的選擇。

亞拉岡的阿方索王子（Alfonso d'Aragona）說：「最完美的顧問是死人。」這話說得沒錯。人講真話時，難免會臉色發白，但書本卻直言無隱。所以，曾在政治舞臺上呼風喚雨的人，他們所寫的書一定要好好拜讀。

當前，大多數的地方議員只是烏合之眾，對市政要務只會閒聊，但不進行辯論，草率就作出決議。事實上，有重大爭議的問題，最好在第一天提出，然後隔天再進行討論。俗話說：「夜晚是聽取建議的好時候。」為了有效地討論重大事項，英格蘭、蘇格蘭的議會還合併，這才是具體的做法。

此外，我還建議，政府應該開放固定的時段，接受民眾請願。這麼一來，民眾就清楚知道何時可以來議會，其他時間議員就能更專注地討論公務。

就各方面的議題，議員可以先組織委員會，提案有初步的共識後，再提交議會討論。選任委員時，要挑選公正客觀的人，不要找來立場偏激的成員，免得開會時常常僵持不下。針對貿易、財政、戰爭、訴訟和殖民地等事務，我建議成立常務委員會。在有些國家如西班牙，有各種專門委員會，而且權力不小，但只有一個國會。

有一些行業必須定期向議會彙報工作內容，如律師、航運和製幣廠。他們可以先向委員會簡要說明，如果有合適的時間，再向議會稟報。免得他們亂哄哄地、成群結隊地來，變得擾亂議會工作，而不是向議會彙報了。

議會空間的設置會造成不同效果。放長桌的話，坐在上位的少數人，就是實質的掌控者。如果座位圍成一圈的話，資淺議員的意見就比較容易被聽見。

國君在主持會議的時候要小心，在提出議案時，不能明顯地表明自己的立場，不然底下的人不但無法暢所欲言，還容易見風使舵，一起高唱「我主聖明」。

培根金句

「多嘴的人以洩露祕密為榮，卻不知造成重大的危害，讓負責守密的人功虧一簣。」

21

論拖延：為什麼速戰速決是一種美德？

幸運像是市場的物品價值，只要你多等一會兒，價格就會下跌。但有時它又持久不衰，就像女先知西比拉（Sibyl）賣給羅馬皇帝塔克文（Tarquin）的神諭書一樣，一開始出了高價，燒掉一部分後，還是不降價。如諺語所說：「時機對的時候，你不好好把頭髮留長，下次等著你的，就是光禿禿的後腦勺了。」水瓶掉下來時，要趕緊抓瓶身的把手，不然圓滑的瓶身很難抓住。

人生最重要的智慧，就是抓住事物開端或發展的時機。

有些事情看起來不危急，其實只是冰山的一角。有時寧願吃點虧，也不要上當被騙。不僅如此，有些危險，最好是在還沒逼近時，就攔截在半路。若花長時間觀察，不但會讓我們精疲力竭，危險也會擴大。

不過，也不需要杯弓蛇影，自己嚇自己。有些軍隊在夜間行軍時，在月光下看到不明的陰影，就趕緊披掛上陣，結果中了對方陷阱。有時太早出擊反而會有危險，要沉著面對。

如前所說，時機成熟與否，必須隨時謹慎衡量才能判斷。整體來說，重大行動開始前，最好像百眼巨人阿格斯（Argos）那樣鉅細靡遺地觀察，接著再交給百臂巨人布里亞柔斯去執行，才能速戰速決。

聰明人都知道，戴上冥王普魯托（Pluto）的頭盔就能隱身，所以討論事情時要低調，執行決策要迅速。事情一旦到了執行的階段，要迅速完成，才能保密。就像子彈發射出去一樣，根本看不出它如何擊中目標。

培根金句

「時機對的時候，你不好好把頭髮留長，下次等著你的，就是光禿禿的後腦勺了。」

22

論狡詐：為什麼耍手段的小人容易爬上高位？

狡詐是一種邪惡而扭曲的聰明才智。跟真正的智者不同之處在於，狡詐之人不夠誠實，能力也不真的很強。有的人牌打不好，卻會在洗牌時作弊。有的人能力不強，卻很會搞陰謀詭計、拉幫結派。

其次，懂得經營人際關係，不代表會做事。有些人洞悉人心，但沒有能力處理實際的問題，他們花太多時間觀察他人，但很少用功做研究。這種人適合搞陰謀，不適合參與公共事務。他們在自己的場地才能贏球，但要他們去外頭打球，實力就會大大減弱。

所以，要區分聰明人和笨蛋，最有效的老方法就是把這個人送到他陌生的場合，不給他任何協助，看他是否有能力生存下來。這些狡詐的人就像是街頭小販，你永遠不知道他們的貨品打哪來的。

狡詐的人有很多絕招。他們會仔細觀察對方的舉手投足。耶穌會規定教士要培養這種能力，因為許多智者會把祕密隱藏在心裡，只能從表情去觀察。但切記，觀察的時候，你的態度要保持謙卑，不可直視對方的眼睛。

還有一個技巧。當你迫切想要得到某項東西，就要設法找各種話題讓對方開心，當他心情一放鬆，就很難理性思考，就不大會提出反對意見。我認識一位政府的機要祕書，每次他請英國女王伊莉莎白一世簽署公文時，總是先跟她討論其他政事，試圖分散她的注意力，讓她不經意地簽名。同樣地，對方急著離開時，我們可以出其不意地提起某件事，他一時半刻無法好好考量問題，就可能隨口答應你的要求。

若有人提出清楚而有力的提案，狡詐之士想擋下來，就會假裝贊成，還搶在第一時間補充說明，但故意指出問題所在，讓這事無疾而終。

如果你想要對方對你感興趣，說話時要吞吞吐吐、欲言又止，就能引起對方的好奇心。如果想要讓對方相信你說的話，就要誘導讓對方發問，而不是你主動提出。你得裝出面有難色的表情，讓對方察覺有異樣，想要問你發生什麼事，這樣對方就上鉤了。正如在《尼希米記》中，尼希米向來在波斯國王前沒有愁容，但為了能回家鄉建設，他故意在敬酒時做出為難的表情。

至於一些尷尬的事情，最好讓講話沒分量的人先提出，接著再讓大人物補充說明，但要假裝是不經意地提起。羅馬帝國的皇后麥瑟琳娜（Messalina）在外與美少年結婚，皇帝克勞狄（Claudius）的祕書納西索斯（Narcissus）先讓侍女回宮密報，最後自己再向皇帝稟報實情。

在某些議題上，如果你不想讓別人看出你的立場，那有個狡詐的方法，就是推託是眾人的意見或是輿論。

我有個朋友，他寫信的時候會把最關鍵的事留到最後，好像順帶提起那樣。我還有個朋友，每次聊天的時候，都不先講自己最關心的事，而是把話題扯很遠，最後再拉回來，好像差點忘記那件事。

若想對某人提出建議，就要設法待在對方常出沒的地方。記得手裡拿著一封信，做出一些不尋常的舉動，這樣對方就會想問你的意圖。

還有一個狡猾的絕招，就是自己先發表意見，然後讓別人有樣學樣地說，讓消息傳開。我有兩個朋友，他們都想爭取伊莉沙白女王的內閣要務，但兩人私交不錯，還會一起討論公事。當中一人先說：「在王權衰落的時代，我才不想去接那個燙手山芋。」對方馬上學了起來，還跟自己的好幾個朋友說，王權衰落，他才不想接那個位子。前者馬上找人去跟女王打小報告。女王聽見「王權衰落」這幾個字，大為不悅，從此就不再理會後者的任何請求。

還有一種奸計，在英國我們稱之為「大鍋炒」，也就是說，你先向某人透漏馬路消息，再跟其他人說是對方講的。說真的，當時只有兩人在場，根本不會有人知道是誰走漏消息的。還有一種奸人，他們總是含沙射影地說：「我才不會做出那種可惡的事。」這樣就可以明正言順講別人的壞話。在尼祿主政時期，禁衛軍將領提格利努斯（Tigellinus）總是說：「不像他人，我一心只想保護皇帝的安全。」以此暗諷另一位禁衛軍將領布拉斯（Burrus）。

你可以準備許多軼聞趣談，若有想表達的意見、或想走漏的風聲，就用故事包裝起來。這樣一來，既可以保護自己，又能讓對方在輕鬆的氣氛下接受訊息。想要探聽消息的話，最聰明的方式就是，先猜想可能的答案，並用自己的說法和觀點描繪出一個梗概，讓對方在沒有防備下補充事實。

讓人覺得有趣的是，有些人為了說出想說的話，會等很久，兜了一大圈子，提及許多其他的事，來接近這個話題。這樣做需要很大的耐心，但是很有用。不過，有時突如其來地提出敏感問題，對方也會措手不及，不自覺說出真心話。以前有個人已經改名換姓，他走到聖保羅大教堂附近，突然有人在背後叫他的原名，他馬上就回頭看。

狡詐者有一堆花樣百出的小手腕、小詭計。列舉出來是件好事，這樣大家才不會把奸人當作智者，進而對國家造成極大的危害。畢竟，這些聰明人只知道事情的來龍去脈，卻無法解決關鍵問題。就像一幢房子，有方便的樓梯和入口，裡頭卻沒有寬敞的房間。他們毫無調查或討論的能力，卻在任務結束時自吹自擂。這些虛偽無能的人，總是有辦法讓別人相信，自己善於領導的幹才。更甚者，有的人會毀謗他人，或在人際關係中搗鬼，而不是靠自己扎實可靠的辦事能力。因此所羅門王才說：「愚昧人是話都信，通達人步步謹慎。」（《箴言》第十四章）

培根金句

「所以，要區分聰明人和笨蛋，最有效的老方法就是把這個人送到他陌生的場合，不給他任何協助，看他是否有能力生存下來。」

23 論利己：為什麼自私損人又對自己有害？

《箴言》上說：「懶惰人哪，你去察看螞蟻的動作，就可得智慧。」螞蟻是一種聰明又利己的生物，但在果園或花園裡就是害蟲了。那些過分自愛的人，同樣地對大社會有害。

用理性就能判斷自私與公益的行為。不論對自己或他人，都要誠實以對，尤其不能欺騙君王和國家。一言一行都以自我為中心，當然不好。地球只知道其他星球繞著它轉，而其他接近天堂的星球，都繞著更大的星體運轉，這樣才是好現象。

有些人以為萬事萬物都跟他有關，如果是至尊的君王，那這麼想還有點道理，畢竟他不只為了自己而活，其一舉一動都跟人民的福祉息息相關。不過如果官員或公民也這麼想，那就是自私的可惡之徒了。大小公事只要由他們經手，就會被扭曲，變成個人的事務，只為了滿足其私心，而徹底遠離君王或國家的理想。所以，政府挑選官員時，要小心自私的人，否則只能派他們做一些無關緊要的事。

讓這種人辦事，後患無窮，每件事情都會失序。僕人把自己的利益看得比主人還重要，就是本末倒置。在極端的情況下，僕人為了一點點小小的好處，還會出賣主人。那些腐敗和不誠實的財政大臣、外交使節、軍事將領都是這麼可惡。他們為了蠅頭小利而偏離正道，因而壞了君王的宏圖大業。

這些官員所得的好處，頂多只跟自己的家產一樣多，但因此造成的損害，卻讓整個社會付出慘重代價。正如為了烤熟雞蛋放火燒掉別人的房子，極端自私者的本性就是這樣。

這些臣僕因為處心積慮地討好主人，所以常常受上級的信任，但終究只為了滿足個人利益。這樣要能維持這樣的狀態，他們都會犧牲公事，不再尋求有利的解決方法。

利己的聰明作法很多，但只能證明當事人道德敗壞。正如在房子倒塌之前，老鼠會敏銳察覺、趕快逃走；獾為狐狸挖洞造窩，後者卻佔為己用；鱷魚會在吞食獵物時流淚。西塞羅也指責羅馬大將龐培：「愛自己超過任何人。」但這種人往往下場不好。他們以為，靠自己的小聰明，就能剪掉命運女神的翅膀。他們總是為了自己而犧牲他人，但命運反覆無常，最終自己也會成為祭品。

培根金句

「為了烤熟雞蛋放火燒掉別人的房子，極端自私者的本性就是這樣。」

24 論革新：為什麼創新是歷史的必然進展？

動物剛出生的時候都長得很醜，革新一開始也不討好。新做法必須經過時間考驗。因此，家族的開拓者與奠基者，要比繼承者更值得敬重。開創者的成就很難模仿。就人性來說，只要一開始敗壞，就像搭小船順流而下，又快又急；但為善就像逆水行船，越往上游越辛苦。

不過，要找到解藥，就得有創新作法。在時間的沖刷下，許多事都會汰舊換新。在過程中，有些事物過時了，但靠人的智慧與判斷無法改善它們，該怎麼辦呢？確實，行之有年的風俗習慣，即便不好，民眾也適應了。許多事情運作已久，成了一個整體，所以新措施就很難融入社會。當然，創新作法一定有效、也有益處，但在民眾適應的過程中，難免會引起各種問題。它們就像外國人，有許多令人驚訝的特點，但不是很討喜。

如果歷史不會前進，那所有的陳規舊俗就不需要更動。可是，時光遷流不停，墨守成規和勇於創新一樣，也會引起動盪。過分守舊的人，一定會被改革者所訕笑。因此，改革者最好以歷史為鑑。隨著時間過去，舊制度的確會被大幅度地淘汰掉，但過程總是安靜無息，看不出來是階段性地被替換下來。不管怎樣，凡是新的事物都會受到抗拒，它能改善一些問題，但也不得不破壞原有的措施。因此受益的人會覺得自己很幸運，碰上了對的時間。有損失的人會覺得很不公平，認為都是革新者的錯。

除非是有迫切的需要，或者是明顯的益處，否則不要在國家的重大事務上實驗新做法。畢竟，改革是為了改變現況，但不能用它當成喜新厭舊的藉口。最後，雖然我們內心會有懷疑，但不要抗拒創新。如《耶利米書》所說：「你們當站在路上察看，訪問古道，哪是善道，便行在其間。」記住，時間是最有力的改革者。

培根金句

「人性只要一開始敗壞，就像搭小船順流而下，又快又急；但為善就像逆水行船，越往上游越辛苦。」

25

論效率：如何在有限時間內完成工作？

有些人處理事情很迅速，並因此自豪。這種態度其實不好，就像吃東西一樣，很容易造成「消化不良」的問題，體內囤積太多食物，默默種下病根。所以，要評估自己的辦事效率時，不要以開會的次數或長短，而要用事情的進展來衡量。就像在賽馬時，馬的步幅大或馬蹄抬得高，不一定就跑得快。同樣，工作時，關鍵在於能掌握重點，而不是囫圇吞棗，搶快完成一堆事。

有些人一心只想快點結束工作，或為了編造出虛假的階段性成果，以博得精明強幹的美名。但刪繁就簡是一回事，偷工減料又是另一回事。多次會議或討論下來，工作的進展總是反反覆覆、忽快忽慢。我的老朋友波利特爵士（Sir Amyas Paulet）很有智慧，每當有人草草了結事情時，他總是會說：「休息一下，這樣工作才能比較快完成。」

話又說回來，效率當然非常重要。時間是衡量工作進度的標準，就像金錢能衡量商品的價值。工作沒有效率，整體成本就會提高。不過，斯巴達人和西班牙人辦事慢是出了名的，所以俗話說：「希望死神在西班牙停久一點。」這樣祂才會遲到。

有人向你報告工作的第一手情報時，要認真聽取。在他們彙報時，與其半途打斷，還不如事先給他們指示。否則思路一被打亂，就很難想起原本想說的事情，甚至會講得雜亂無章、囉嗦乏味。因此，最好讓報告者順利講完。否則，會議主席比常常會比報告者更叫人討厭。

一般來說，同樣的建議反覆講，非常浪費時間。不過，如果是再三強調問題的關鍵，那就有助於增加效率，因為能提前過濾許多無關緊要的話語。冗長而瑣碎的討論不利於效率，就像穿著太長的袍子或披風很難跑步。開場白、拐彎抹角，客套話和其他私人話題都是在浪費時間，表面上看是表達謙虛，但都在炫耀自己的口才。

要注意的是，如果你口才不是很好、表達不太流暢，就不要開門見山切入重點。你稍後要解說複雜的問題，需要全神貫注思考，最好先來一段開場白，就像運動前先做點熱身運動。

緊接著要講效率的關鍵：安排工作順序、做好分類並挑出關鍵部分。不會分類的人永遠處理不好事情，但分得太細，做事情就會拖拖拉拉。

挑對時機就能節省時間，但在錯的時間點採取行動，等於白費力氣。處理事務分三步：如果要追求效率，開頭和收尾只能讓少數人來做，只有中間的過程可以開放給多數參與。

整體來說，事先寫好議事流程有助於提升工作效率。哪怕最後全被推翻，但至少知道大家不關心的議題，這比漫無頭緒的討論好多了；就像草木灰要比塵土更適合當肥料。總之，開會前做好準備，接著列出資料、進行討論，然後得出結論。

培根金句

「休息一下，這樣工作才能比較快完成。」

26

論假聰明：如何判斷虛有其表的人？

長久以來，一直有人說，法國人實際上比外表看起來還聰明，而西班牙人比外表看起來愚笨。兩個民族的本性是否真是如此，先不去談，但一般人的確有這種差別。就像耶穌的門徒聖保羅曾說：「有敬虔的外貌，卻背了敬虔的實意。」（《提摩太後書》第三章）確實，有的人不大聰明，甚至根本沒有任何能力，但很會裝腔作勢，正如羅馬劇作家泰倫斯說：「做了一點小事，卻大肆張揚。」

這些徒有其表的騙子只會找藉口、耍詭計，在有見識的人看來很可笑，還不如拿來寫文章嘲諷一番。那些人就像奸商一樣，把平凡無奇的東西，講成有價值又稀有的寶物。他們老是神秘兮兮，只願在昏暗的光線下把貨品給人看。又總是欲言又止，因為他們心知肚明，自己什麼都不懂，卻還要裝腔作勢，好像藏了什麼大祕密。

有些人用表情和手勢來混淆視聽，靠著誇張的動作來裝聰明。西塞羅如此形容元老院的成員皮索（Piso）：「他強調自己反對虐待奴隸時，一道眉毛揚到了額頭，另一道垂到了下巴。」

有些人以為，賣弄一些專業名詞，擺出高傲姿態，就可以蒙混過關。就算只有一知半解，只要自認是專家，就可以騙過大眾。有時他們碰到自己不能理解的事情，還會裝出瞧不起的樣子，說那些都是無足輕重、無關緊要的小事，以為這樣可以冒充專家，並掩蓋自己的無知。

有些人總是唱反調，愛計較一些無關緊要的細節，外人看來很可笑，因為那些人只是在逃避關鍵問題。古羅馬作家蓋里亞斯（Gellius）說：「那種人是瘋子，只會在用字遣詞上挑三揀四，根本成不了大事。」柏拉圖也在《普羅塔格拉斯篇》（*Protagoras*）中，寫到普羅狄科斯（Prodicus）這麼一個可笑的人物；討論事情時，他只在乎名詞的類別而已。

他們不管討論什麼事情都要唱反調，這樣看起來才像專家。等到所有提議都被否決後，那任務也結束了。反而，如果有一案通過，就要展開接下來的工作。所以在處理公務時，假聰明的人最礙事。

總而言之，不管是失敗的商人還是徒有其表的過氣貴族，都會想方設法來死撐門面。不過，那些腦袋空空的草包，會想出更多詭計來維持他的美名。社會上總是有這些招搖撞騙的人，千萬別任用他們。我們寧可聘請偏激的人來處理公事，也好過這些「金玉其外、敗絮其內」之徒。

培根金句

「假聰明的人不管對什麼事情都要唱反調，這樣看起來才像專家。」

27 論友誼：為什麼真正的友誼能治百病？

亞里斯多德說：「以孤獨為樂者，要麼是動物，要麼是神仙。」這句話沒幾個字，卻蘊含了許多事實和誤解。不知為何，有些人天生就厭惡社交活動，他們某些性格的確比較像動物。但這種人不可能會有神性，除非他隱居避世，不是為了享受孤獨，而是想得到更高層次的生活方式。

有些異教徒假裝熱愛獨居，比如古希臘詩人埃庇米尼得斯（Epimenides）、羅馬國王努馬（Numa）、古希臘哲學家恩培多克勒（Empedocles）、數學家阿波羅尼烏斯等。不過，早期基督教許多隱士和長老，真的是為了追求與神交流，而選擇隱居獨處。

一般人並不理解何為孤獨，也不知道感受有多深。在沒有愛的地方，就算群眾很多，但他們並非你的夥伴。路上有各色各樣的面孔，看起來就像是一排畫像，雖有眾聲喧嘩，但聽起來就像是嘈雜的鑼鈸。有一句拉丁文諺語說得很貼切：「城市越大，孤獨感越深。」

住在大城市裡，朋友分散各地，不像在小城鎮裡，很容易能找到親密的夥伴關係。而坦白說，缺少真心的朋友，就是真正可憐的孤獨者。沒有朋友，世界只是一片荒原。有些孤獨的人天生就不適合交朋友，無法與人有情感交流，那他就更接近動物。

友誼最主要的功用，就是排解與宣洩我們不安的情緒，畢竟生活有太多令人緊張的壓力了。眾所周知，消化阻塞、呼吸不順暢是最危險的，心靈也是。你可以服用菝葜來清肝、鋼劑來清脾、硫磺粉來清肺或用蓖麻油來活腦，但除了真正的朋友，沒有一種藥能療癒你的心。我們能對朋友告解，並接受對方的勸告，還能傾訴悲傷、快樂、恐懼、希望、懷疑或其他壓在心頭的事情。

友誼有這些功用，所以許多身居高位的君王十分珍視。許多時候，為了換取友誼，他們常常不顧自己的安全和身分。這一點令人不解。君王的地位那麼崇高，臣民及侍從都不能相比，卻得不到真正的友誼。除非他提拔一些親信，和自己或皇后平起平坐，但一定會造成政治上的弊端。這些人我們稱之為寵臣或幸臣，得到君王的恩寵與密切信任，而羅馬人稱之為「分憂之人」。羅馬人說得很有道理，寵臣之所以出現，正是為了替君王「分憂」。

我們都以為，只有軟弱和感情用事的君王才有寵臣，事實上，連最明智、最有手腕的國王也需要。他們有時和僕人結交為好友，允許身邊的人跟他稱兄道弟。

羅馬獨裁官蘇拉在位時，不但提拔龐培，還給他加上「偉人」的稱號，後者還吹噓說，他的地位已經超過了蘇拉。龐培還培植他的朋友成為執政官，而擠下蘇拉推薦的人。蘇拉非常不滿，以居高臨下的口吻責罵龐培。龐培便反唇相譏，叫他免開尊口，因為「愛朝日者多，慕夕陽者寡」。

凱撒主政時，布魯圖斯（Brutus）也獲得特別重用。他是凱撒遺囑中第二號繼承人，僅次於凱撒的外甥。這個人有權力把凱撒帶往死地。凱撒的妻子卡爾普妮婭（Calpurnia）做了一個不詳的惡夢。因此，凱撒本來要取消元老院的會議，但布魯圖斯輕輕地托著凱撒的手臂，把他從椅子上扶起，輕聲對他說，難道要等他妻子做了美夢，元老院才能開會嗎？將領安東尼稱布魯圖斯為「巫師」，因為他如此受寵，彷彿給凱撒下了咒語一樣。西塞羅在演講中逐字引用安東尼的說法，猛烈批評布魯圖斯的為人。

儘管阿格里帕（Agrippa）出身低賤，奧古斯都還是把他擢升到很高的位置。後來奧古斯都詢問顧問麥西納斯（Maecenas），他女兒茱莉亞的婚事該怎麼辦，麥西納斯大膽地建議：「你要麼把女兒嫁給阿格里帕，要麼就殺了他，沒有第三條路，因為你已經把他提拔到那麼高的位置了。」

皇帝提比略在位的時候，塞揚努斯（Sejanus）深受信任與重用，外人看來他們宛如一對親兄弟。提比略對塞揚努斯說過：「基於深厚的友誼，我沒有向你隱瞞過任何事。」為了紀念他們兩人的親密友誼，元老院還造了一座祭壇，就好像在供奉友誼女神。

皇帝塞維魯斯（Severus）和禁衛軍統領普勞提阿努斯（Plautianus）的友誼更加密切。塞維魯斯強迫長子迎娶普勞提阿努斯之女。兒子被岳父欺負時，皇帝還袒護普勞提阿努斯。塞維魯斯對元老院說：「我如此愛他，希望他活得比我還長壽。」

這些君王不像是賢帝圖拉真（Trajan）或哲學家皇帝奧里略（Aurelius），所以那種友誼絕不是出於他們寬宏善良的天性。那些皇帝為人精明、思緒清晰、作風嚴苛又極度自愛。這更清楚證明，雖然已享有榮華富貴，他們覺得自己還過得不夠幸福，還要擁有知心密友才算圓滿，因為妻子、兒孫和侄甥都無法提供友誼與安慰。

法國歷史學家科米納（Philippe de Commines）說，他所服侍的第一位國王「勇敢者查理」（Duke Charles the bold）口風很緊。這位國王不會把祕密告訴任何人，尤其是那些最私密的事務。但公爵到了晚年，「這種守密的習慣嚴重阻礙他進行理性思考」。至於他所服侍的第二位國王路易十一，號稱「謹慎的路易」，科米納對他也有同樣的評語：為了守密，讓這位國王內心受盡折磨。

數學家畢達哥拉斯的比喻比較晦澀，卻一語中的：「小心吃掉自己的心。」的確，說得直率一點，沒有朋友可以敞開心扉，就像吃掉自己心臟的食人族。

在此先總結友誼的第一種神奇療效。心扉向朋友敞開後，可以達到兩種相反的效果：歡樂加倍、憂傷減半。快樂的事跟朋友分享，自己也會更開心；憂愁的事跟朋友訴苦，煩悶能減少一些。

煉金術士說，點金石可以治百病，雖然會產生各種相反的作用，但對人體有益無害；友誼也是心靈的點金石。就算沒有煉金術，在自然界的運作中，也可以看到這一現象。像青銅這樣的合金，強化了硬度，但熔點相對減低了。對心靈來說也是這樣。

友誼的第二個功效，就是幫助我們保持或恢復理性。友誼的第一個功用是安撫與療癒情緒，讓心中的暴風雪變為和煦的晴日。朋友也能清除思想中的迷霧與灰塵，讓我們頭腦清明。這一點很好理解，除了得到忠告，思緒混亂時，和友人交流的過程中，思路理清了，頭腦也會比較清楚。他可以更靈活地思考，把想法理得更有頭緒。他的思想變成流暢的對話，問題一個個解開，最後他就開竅了。如此說來，比起自己想破頭煩惱一整天，一個小時的對話效果還比較好。

流亡波斯的雅典將軍特米斯托克力（Themistocles）對波斯王說：「人與人對話時，就像展開華麗的阿拉斯（Arras）掛毯，上面的圖案都清楚顯現出來。人獨自思考時，就像把掛毯捲起來。」

有智慧、能給予忠告的朋友，確實是最好的，不過，其他朋友也能發揮友誼的第二種功用：恢復理智。即便得不到忠告，你也因此更加了解了自己，讓思路變得清晰。儘管磨刀石有點鈍，也不能切東西，但還是能用來打磨自己的頭腦。一言以蔽之，與其把想法悶在心裡，還不如對一座雕像或一幅畫像說話。

接下來，我會更完整說明友誼的第二種功效。這個特點更顯而易見，連一般人也會注意到：忠告。希臘哲學家赫拉克利特說得很有道理：「純粹的光最好。」確實，從他人建議所得到的啟發最單純且客觀，透過自己的理智所做出的判斷，總是夾雜了自己的情感和思考習慣，就像湖面折射出來的光。

朋友的忠告跟諂媚者給你的意見，兩者區別很大。同樣地，你給自己的建議也比不上朋友的忠告。因為你就是最會諂媚自己的人，唯有直言無隱的朋友，才能治好自我安慰的毛病。

忠告可分為兩種，一種是針對道德問題，一種是解決客觀的事務。就前者來說，朋友苦口婆心的勸告，是保持心靈健康的最好藥劑，而嚴厲的自我批評則穿透力太強、腐蝕力太大，反而會毒害自己。道德教化的書通常都令人感到索然無味、死氣沉沉。況且，從他人口中聽到自己的缺點，有時又和自己的評估不符合。為了平衡兩者的差距，最好的藥方就是朋友的勸戒，最有效、也最容易服用的。

許多人犯下會大錯（尤其是身居高位的人），做出荒謬絕倫的事，導致聲名和財產蒙受重大損失，就是因為缺乏朋友的直言勸誡。這一點令人感嘆不已。如聖雅各所說，這些人「就像人對著鏡子看自己的面目，轉眼就忘了他的相貌如何」（《雅各書》第一章）。

至於事務方面，許多人都以為，一對眼睛就看得很清楚，用不到兩對眼睛。身為當事人看到的一定比旁觀者多。遇到狀況時，有的人情願其背誦字母表壓抑怒氣，也不想針對問題發脾氣。其實，步槍無論是拿在手上或是靠在三角架上，技術好都一樣準。因此，我們不應該有愚蠢非份的妄想，以為自己無所不能。在走投無路的時候，只有好的忠告才能使事情走上正軌。

願意聽取忠告當然很好，但有些人會就同一件事情問太多人意見，雖然總比一意孤行好，但有兩種風險。首先，他會得不到誠心的建言，因為只有摯友的意見才有效，其他人的建議往往都是出自於自己的利益。

還有一個風險，他們也許會收到有害的意見。提出建議的人總是出於善意，多少也能幫到一點忙，但往往造成傷害更大。就像你去看醫生，雖然希望能把病治好，但畢竟他不熟悉你的身體，症狀治好了，卻嚴重損害你的健康，甚至危及生命。

完全熟悉你情況的朋友，在協助你當前的工作時，會避免引起其他麻煩。所以，不要從四面八方收取意見，這樣你很難找到明確方向，你會更分心、焦慮，最後用錯方法。

朋友能緩和你的情緒、支持你的判斷，除了這兩種卓越的功效，還有最後一種功用，他們可以參與你的工作與活動，成為生活的助力。

在生活中，朋友可以扮演許多角色。你不妨清點一下，多少事是你無法獨自完成的。古人說：「好友就像自己的分身一樣。」這句話說得還不到位，因為朋友所做的，遠遠比我們自己還多。

生也有涯，許多人過世前，還有許多重大的心願沒有完成，比如給孩子一大筆遺產或是事業爬上高峰。若有摯交，我們就可以安心瞑目，因為死後會有人繼續料理那些事情。

這麼說來，就有很多條生命幫我們實現心願。每個人只有一個身體，而且活動地點有限。但是只要有朋友，生活中大小事就有代理人幫忙完成，這就是友誼最實用的地方。

其實生活中有許多事情，礙於顏面或為了表達謙虛的態度，不能自己表達。想保持低調，就不能自賣自誇，更不能說大肆讚揚自己的優點。遇到事情時，有時我們也拉不下臉、低聲下氣去拜託或懇求。諸如此類的事情還不少，你自己說會臉紅，但由朋友幫你說就很得體了。

其次，生活中有許多正式的角色要扮演，無法擺脫這些義務。父親只能以嚴肅的口吻跟孩子說話；丈夫只能以一家之主的姿態跟妻子說話。面對敵人，只能在協商的場合交談。但跟朋友交談，只要就事論事，不需要考慮他的身分。生活的責任要羅列出來，名單肯定無限長，但至少我們可以歸納出一個道理：如果沒有朋友幫忙，我們就無法扮演好那麼多角色，也就只能退出人生舞臺了。

培根金句

「沒有朋友可以敞開心扉，就像吃掉自己心臟的食人族。」

28 論花費：為何財務管理很重要？

財富要花在對的地方，比如做善事或維持社會地位。此外，應該根據事情的規模來決定額外的花費。為了祖國和天國，我們都自願捐出一些財產。日常的花費則應根據自己擁有多少財產，要量力而為，小心被僕人欺騙，讓他們中飽私囊。生活要過得體面，但實際花費比外人的估計還低。

收支要平衡，日常的開銷只能佔他收入的一半。想變得富有，那就只能佔三分之一。即便是地位最高的大人物，也應該不時盤點自己的財產，這一點也不丟臉。有些人不想做，不是出於疏忽，而是擔心，萬一發現自己已經破產，就會陷入愁雲慘霧中。但是傷口沒有好好清理的話，是不會自己復原的。

自己無法管理財產，就好好挑選財務顧問，還要經常換人，因為新人比較膽小，也沒有那麼狡猾。如果你時間不夠，只能偶爾檢視一下帳目，那每個支出項目都要設立金額上限。

在某方面開銷特別大，在其他方面就得節省一點。在飲食上開銷特別大，衣著就穿簡單些；常花錢舉辦宴會待客的話，那就少養兩匹馬。以此類推。如果沒有在各方面開銷保持平衡，很容易就會破產。

清償債務時不需要一次結清，更不要欠債不還；這兩件事情都對你沒好處。支付高額的利息，當然不是好事，但為了結清債務而草率變賣財產，更加不智。一旦發現自己擺脫困境，就會重蹈覆轍、故態復萌。分期還清債務，才會養成節約的習慣，對自己的心靈和財務狀況都有好處。

有家業要振興，就不能輕視細節。一般來說，減少各種瑣碎的花費，就不用汲汲營營地去爭取蠅頭小利。有些錢一花下去，就會持續好幾年，要留意這方面的開銷。如果是專案性質的特別支出，就可以大方一些。

培根金句

「即便是地位最高的大人物，也應該不時盤點自己的財產，這一點也不丟臉。」

29

論富國強兵：國家如何強盛起來？

在某次宴會上，有人請雅典人特米斯托克力彈魯特琴，他說：「我不會彈琴，但是能把一個小鎮變成一座大城。」他把功勞都攬到自己身上，實在是太自大了。不過，我們也能把這句話當成嚴肅的比喻，以描述治國的智慧。

更進一步說，這句話牽涉到執政者兩種不同的才能。仔細研究歷史上的執政者或行政長官，就會發現少數人確實有能力使小國變為大邦，但不會彈琴。另一方面，很多人是琴藝高手，雖然無法讓國家壯大，卻還有另一種才能：把強大繁榮的國家搞垮。

這些墮落的行政長官和地方官，心懷詭計，只知道取悅上級並設法讓世人愛戴他。從某方面來說，他們懂得操控人際關係，就像擅於撥弄琴聲一樣。這些傢倆只能取得市民小井的歡心，雖然他們自以為風雅，但無益於國家的福祉與進步。

當然，行政長官和地方官也有能幹的，不但能完成分內工作，有處理國事的能力，還能避開各種風險與麻煩事。但他們還沒有能力提升和擴大國家的力量、資源和財富。先不談政治人物，我們接著討論政治事務，也就是何謂富強的國家以及實現的方法。有權勢的英明領導人應當常常反省，不可高估自己的能力，以免投入徒勞無功的建設，最後迷失自己；也不要妄自菲薄，做決定時畏首畏尾。

國土有多廣大，是可以測量的；財力和收入的多少，也可以計算。透過戶政資料，就可以查到人口數量，翻出地圖，就可以知道城鎮的數目和大小。不過在國家事務上，政府最常錯估和誤斷國力。耶穌沒有把天國比喻為大的種子或堅果，而是類比為一粒芥子（《馬太福音》第十三章）。它是最小的種子，卻非常有活力，能迅速生長和蔓延。

因此，有些國家領土廣大，但不適合繼續擴張，也不適合當其他國家的保姆。有些國家雖然像主幹不粗的植物，卻有堅實的基礎，有機會變成強大帝國。

有些國家的國民性情溫馴，不是勇武好戰的民族，即使武裝雄厚，充其量也只是披著披著獅皮的綿羊。哪怕有堅實的城牆、充實的火藥和軍械庫、強壯的戰馬和運輸用的大象，還有數量龐大的大炮、戰車和後勤裝備，通通都派不上用場。假使民眾膽小如鼠，就算軍隊人數再多，也無法使國力增強，正如羅馬詩人維吉爾所言：「狼從不在乎綿羊數量有多少。」

當然，波斯人的軍隊駐紮在阿比拉（Arbela）的平原上，宛如一片汪洋那樣雄偉，亞歷山大大帝的將領們因此有些驚慌。他們向亞歷山大建議，不如在夜間偷襲波斯軍，但大帝答道：「我不想用偷偷摸摸的方式取得勝利。」結果他輕而易舉地就擊敗了波斯軍。亞美尼亞王提格蘭（Tigranes）率軍四十萬，駐紮在一個山丘上，當他發現，前行而來的羅馬軍隊人數不超過一萬四千人時，就大聲嘲笑道：「就這些人？當作使節還算多，要打仗的話根本不夠看。」但在太陽西下之前，羅馬軍就把提格蘭打得落荒而逃，亞美尼亞軍士也死傷無數。

比起人數，勇氣更重要。我們可以斷言，國家要強大，關鍵在於有一批勇武的人。「金錢是軍隊的肌肉與力量」，這已經是老生常談的道理了。國民卑怯柔弱的話，其武士臂膀上的肌肉也會衰退，再多的金錢也沒救。

呂迪亞國王克羅伊斯（Croesus）為了炫耀，向希臘政治家梭倫（Solon）展示他的藏金，梭倫說：「國王，若有人的寶劍比你還鋒利，他就是所有這些金子的主人了。」這話說得非常好。

因此，君王要謹慎評估自己的力量，最好他的國民軍（militia）是由優良而勇猛的戰士組成。生性好戰的領導人或國民，也應知曉自己的實力到哪，國民健康狀況下降的話，也要想辦法補救。國民戰力低的話，可以找傭兵來補強，不過歷史已證明，國家太過依賴傭兵的話，只能翺翔一陣子，不久後羽毛就會掉光。

猶大和以薩迦雖然都是猶太人的先祖，但兩個氏族的命運大不相同，前者被稱為幼獅，後者是負重的驢。在稅務繁重的國家，人民很難變得勇武好戰。除非政府強調稅收的特別用途，才不會打擊民眾的士氣。舉例來說，荷蘭徵收消費稅、英國政府也得給王室特別津貼。

讀者必須注意，我們現在談的是士氣，不是錢包。一樣都要課稅，不管是經過投票同意或是強迫徵收，人民都一樣要掏錢，但對士氣的打擊就不一樣。再次強調，賦稅過重的地方，就不適合建立起帝國。

君王若有志於富國強兵，就不可讓貴族和士紳階層增長太快，否則就會有越來越多平民變成農奴與佃農，失去上進心，成為上層階級的勞工。

上層階層人數越多，平民就越卑賤。最後，在一百個人裡面也找不到一個適合戴上軍盔的。步兵的人數這麼少，軍隊的核心就薄弱，就算人口再多，還是無法提升戰力。

比較一下英國和法國的差別，就知道我所說的不假。英國的領土面積和人口數量都遠不及法國，卻可以跟法國抗衡。因為英國的自耕農可以成為很好的士兵，而法國的農奴卻不行。

我在自己的著作《亨利七世的治理史》中提到，英王亨利七世所施行的政策非常有遠見，令人欽佩。他規定，每戶農場或農家都要有一定數量的土地，才會有基本的生產量，不至於淪為奴役。耕者就是土地的擁有者，而不是佃農。因此，英國更像維吉爾所描述的古代義大利：土地肥沃、兵力強盛。

還有一個階層不容忽略，就我所知，英國才有這個族群，波蘭可能也有，那就是貴族和士紳的僕役與隨從，如果要上場打仗的話，這群人一點也不比自耕農遜色。

大家都知道，貴族和紳士總是衣冠楚楚，出門時排場盛大、隨從眾多，也殷勤好客。上流社會的文化一形成，國家就有機會壯盛起來。相反地，貴族階層過得吝嗇又節儉，軍隊也會貧弱無力。

《但以理書》中記載，巴比倫王尼布甲尼撒夢到，象徵王國的樹幹一定要非常粗大，才能夠支撐分枝。也就是說，帝國應該先使本國人富足強大，再照顧轄下的其他小國人民，才能打好基礎。

而且，想建立帝國，就要大方接受外國人入籍。有時候，一小群人靠著絕佳的勇氣和高超的計謀，就能治理廣大的國土，雖然能夠維持一段時間，不過一遇到考驗，就會土崩瓦解。

不過，斯巴達人對於外族規定非常多，所以他們能捍衛國土、保衛家園。但想要擴張的時候，樹枝就變得很礙事，大風一吹樹幹倒了，國家就滅亡了。

開放外族人成為本國國民，沒有一個國家比得上羅馬。它也得到應有的報酬，也就是擴張成史上最大的帝國。它允許外族人入籍，並授予完整的公民權，包括經商、通婚、繼承權、選舉權和參政權。不只是個人，這些權利也授予整個家族、城邦甚至整個國家。

羅馬人本來就有經營殖民地，所以授予外族權利，就像把羅馬的植物移植到當地的土壤裡。「允許外族入籍」與「海外殖民」這兩項制度一併實行後，我們發現，與其說羅馬擴張到全世界，不如說全世界加入了羅馬帝國。

西班牙的國力也令我很驚奇，土生土長的西班牙人其實並不多，但政府怎麼保有如此廣大的屬地並有效管理呢？當然，西班牙本身是很粗的樹幹，面積比羅馬和斯巴達建國時要大得多。它雖然不常讓外族大量入籍，但也有次一等的辦法。不分種族，它招募各個國家的人前來從軍，當中還有人能升到高階將領。不過，從西班牙國王最近發布的文告來看，他們似乎意識到本國人口的不足。

有些手工藝需要在室內久坐才能完成，是非常精密的製造業。他們得有靈活的手指，但不需要強壯的手臂，跟戰鬥所需的特質完全相反。一般來說，好戰份子都喜歡冒險，多少也遊手好閒，不愛勞動。他們不能從事手工業，否則會失去活力。

在斯巴達、雅典和羅馬等古代國家，都是由奴隸來從事手工藝，成果非常豐碩。但基督教的律法普及後，奴隸制在絕大多數國家已廢除。不過現在有個皆大歡喜的替代方案，就是讓外國人來從事手工藝。而大多數本國平民只能從事這三種工作：農夫、僕役和工匠。這些粗重的工作都由男性來擔當，如鐵匠、石匠和木匠等，但不包括職業軍人。

想要打造強大的帝國，最重要的是，國家必須提高軍人的地位，並研究發展軍事科學。我前面所說各種要件，都是為了打好軍事發展的基礎，但如果政府不重視國防，那麼基礎再強又有何用？

據稱，羅馬人的祖先羅穆盧斯（Romulus）死前所留下的遺言，就是告誡後人，要把軍事發展當成第一要務，才能打造世界上最強大的帝國。為了符合戰備的目標和需求，斯巴達把各種體制完全軍事化，雖然當中有不少缺點。波斯和馬其頓有段時期也是如此。高盧人、日耳曼人、哥德人、撒克遜人和諾曼人也經歷那樣的階段。土耳其人到今天還是如此，儘管其軍力已大為衰退。而在信奉基督教的歐洲各國中，只有西班牙人還保留斯巴達的色彩。

只有把時間精力投注在某個領域，才會有最大的成果，這個道理很好懂，不必多說。同樣地，國家不把資源投注在國防上，卻指望突然會變成強國，那豈不是在做夢嗎？

像羅馬和土耳其這些國家，長期致力於軍事發展，才能在戰場上創造那麼多奇蹟。歷史已經證明，它們的成功不是憑空而來。有些國家只在某時期整軍經武，整體的國防戰力也獲得提升。雖然它們之後不再發展國防、軍力也逐漸衰退，但昔日的榮光還沒消失，還被認為是強國。

因此，我們進一步建議，國家最好有一些相關的軍事法律和文化，才能有正當理由來發動戰爭。每個人內心深處都有一絲正義感，如果沒有一些打動人心的理由或依據，沒有人願意投入戰場，去造成世界的災難。

為了傳播他們的律法和宗教，土耳其人到處征戰，隨時都把伊斯蘭的理念掛在嘴上。羅馬的將領也極力為帝國拓展疆域，人民也感到非常光榮，但不會把擴張當成發動戰爭的唯一理由。

因此，想要國家壯大，政府要留意各種侮辱國家的言論，邊境的人民、旅外的商人使節都不能被欺負。受到他國挑釁時，絕不能坐視不理。其次，我們必須像羅馬帝國那樣，隨時做好準備，在危急時援助和解救盟國。雖然各國都會結盟，受到侵略時可向盟友求援，但羅馬一定會搶先幫忙，以展現大國的風範。

在過去，有些國家發動戰爭，是為了支持他國的某政治派系，或是支援相同政治制度的國家。比如，羅馬為了捍衛希臘的自由而戰（譯按：即第二次馬其頓戰爭），還有雅典人和斯巴達人為了各自支持的民主政治和寡頭體制互相開戰（譯按：即伯羅奔尼薩戰爭）。有些國家則自詡為正義之師，要制裁他國的暴政與高壓統治，以解放人民。不過，以上種種出兵的理由，我看不出來有什麼正當性。因此，國家想要保持安全，就得提高警覺，避免他國以貌似正當的理由動武。

不管是人體還是國家，都必須鍛鍊才會強壯。為了國際正義與國家光榮而開戰，就是最嚴格的考驗與磨練。

國家發生內戰，就像生病發燒，體溫不斷上升。與外國開戰，就像是運動時發熱出汗，身體反而會更加健康。在消極的和平狀態下，人民的精神會變得委靡，社會風氣會敗壞。因此，不管對人民的福祉有什麼影響，毫無疑問地，國家隨時處於備戰狀態，一定會強大。

有一支身經百戰的強大常備軍，財政上負擔會很重，不過能使國家在周邊地區維持霸權的地位，至少使鄰國敬畏。西班牙就是這樣，它在世界各地駐有常備軍，整整一百二十年不間斷。

成為大海的主人，才能更快建立帝國。西塞羅寫信給執政官阿提庫斯（Atticus）時，他提到龐培為了迎戰凱撒所擬定的戰略：「龐培的計畫，具有希臘軍事家特米斯托克力的風格。因為他認為，誰掌握了海洋，誰就能主導戰爭的走向。」要不是龐培因為傲慢自負而放棄了原來的策略，否則一定能擊敗凱撒。

由此可知，海戰就是決戰勝負的關鍵。亞克興（Actium）海戰後，屋大維成為世界帝國的主人。幸虧有勒班陀（Lepanto）海戰，土耳其人的擴張才停下來。

海戰的勝負決定了整場戰役的勝敗，歷史上有許多例子，進行海戰時，雙方艦隊得精銳盡出。有一點可以確定，控制了大海，軍隊自主性就更高，可以選擇進攻，也可以避戰。相反地，那些陸軍強大的國家，就很容易陷入困境。

今天，歐洲各國都有強大的海軍，我大不列顛王國更有地理優勢。歐洲內陸國家不多，大部分國家都有綿延的海岸線。而為了取得東西印度群島的財富，各國都必須爭奪海上的主控權。

在古代的戰爭中，處處閃爍著光輝與榮耀，近代的戰爭根本是在黑暗中進行。為了激勵士氣，現在也有榮譽稱號和騎士勳章，但不限於軍人，其他身分的人也能獲得。將領的紋章有記下戰功，政府也設有榮民醫院。但是在古代，戰勝的地點會有人豎起勝利紀念柱；為了紀念陣亡者，有人會舉辦葬禮、朗誦詩歌和建立紀念碑。凱旋歸來時，民眾會獻上花冠與花環。

今日，世界各國有權勢的君王都自稱大元帥，但過去只有打勝仗的指揮官才配得起這稱號。大軍回國時，政府會舉行凱旋式。軍士解甲歸田時，每個人都能得到豐厚的犒賞。

以上種種作為，都能鼓舞全民的精神與勇氣。最重要的莫過於羅馬人的凱旋式，它不是盛大華麗的場面，而是歷史上最偉大、最有智慧的儀式。它包含三樣元素：給將領頒授獎章、給士兵分發犒賞以及把戰利品和財物上繳國庫。

但是，頒授獎章的儀式不適合在君主制國家舉行，除非是頒給君王或其子嗣。所以在羅馬帝國時代，凱旋式只是辦給皇室看的，他們親自領兵、打了勝仗才會有這種儀式。如果是將領打了勝仗，君王只會舉辦慶功儀式，頒發服飾與勳章。

《馬太福音》說：「你們哪一個能用思慮使身量多加一肘呢？」我們個人能努力的有限，對於廣大的王國或共和國來說，君王或政府才有力量讓國家富強起來。我已經大略談到相關的法令、文化和治理方法，執政者若能善用，將播下富國的種子。不過，這些建議當局很少聽進去，國運就只能隨風飄蕩了。

培根金句

「假使民眾膽小如鼠，就算軍隊人數再多，也無法使國力增強。畢竟，狼從不在乎綿羊數量有多少。」

30 論健康：如何保持良好的養生習慣？

關於健康，應該要自己觀察，什麼對自己有益、什麼有害，才能找出最適合的良方。這樣的生活智慧有時超出一般的醫學原則，但至少我們可以判斷「這不適合我，我不需要」，而不要隨便說「反正對我沒什麼害處，不妨一試」。

年輕時身強力壯，做許多有害健康的行為，也不會放在心上。不過這跟賒債一樣，到老時總要償還。意識到自己年紀增長，就不會一直傷害自己的身體，畢竟健康不容挑戰。

飲食習慣上，不要突然做任何重大的改變。有必要改的話，其他生活習慣也要做相應的調整。養生和治國都有同樣的祕訣，與其只改變一件事情，同時改變許多事情更安全。

檢視你飲食、睡眠、運動和穿著等各方面的習慣，把你認為有害的部分一點一點地戒除。新的生活習慣帶來問題的話，就馬上改回去。因為，我們很難判定，一般公認有益健康的事情，是否也適合你的健康狀況。

吃飯、睡覺和運動時，心情要保持輕鬆。樂觀開朗是延年益壽的最佳訣竅。各種強烈的情緒和牽掛，如嫉妒、焦慮、恐懼、積怨和長年的悲傷等，都要設法化解。對生活要抱持希望。心情要愉快，但不需追求狂喜。適度培養興趣、接觸新奇的事物，以維持生活的好奇心與期待感。要不斷學習，讓頭腦裝滿有價值、有深度的學問，比如歷史、神話和自然科學。

身體健康、從沒吃過藥的人，需要服藥時身體就會不習慣。但是太常吃藥，又會產生抗藥性。我建議，隨季節變換飲食，少吃一點藥，避免養成習慣。飲食習慣對身體影響很大，盡量要規律。

身體有任何突然的變化，都不可以等閒視之，要去諮詢醫生。生病時，重點放在恢復健康；健康時，就要多運動。平常多鍛鍊身體，就算染上小病，注意飲食和調養，也自然能痊癒。

羅馬醫學家塞爾蘇斯（Aulus Cornelius Celsus）說，健康和長壽的最大祕訣，就是定期調整飲食起居的規律，輪流嘗試不同的生活方式，試圖朝健康邁進。有時可以嘗試斷食，有時可以熬夜，有時可以多休息；但基本上還是要吃飽、睡飽和多運動。這樣就能保持健康、鍛鍊身體。塞爾蘇斯是醫生，不是哲人，所以他的建議比較實際。

有的醫生過於遷就病人的脾氣，不勉強他接受最有效的療法。有的醫生只想把病症治好，卻沒有充分考慮到病人的身體狀況。因此，好的醫生要在兩者間找到平衡。如果找不到兩者兼備的醫生，那就乾脆各找一位。記住，能找到名醫當然最好，但他一定要熟悉你身體的狀況。

培根金句

「樂觀開朗是延年益壽的最佳訣竅。各種強烈的情緒和牽掛，如嫉妒、焦慮、恐懼、積怨和長年的悲傷等，都要設法化解。」

31 論猜疑：如何堅定信念？

猜疑就像蝙蝠，總是在黃昏時出現。人們應該壓下自己的疑心，好好控制它，不讓它蒙蔽心智。否則疑心一起，很容易失去朋友，工作陷入混亂，嚴重影響生活的穩定。猜疑心一起，國王會變暴君、丈夫變得愛嫉妒，還會使智者猶豫不決、憂傷抑鬱。

猜疑不是心臟的問題，而是大腦的缺陷，最英勇的人也會受到影響，如英王亨利七世。當時沒有比他更英勇、疑心更重的人了。這種性格組合，不會嚴重影響他的生活。遇到可疑的事，他不會懷疑到底，而會加以審視，看看是否有可能為真。

膽怯的人內心一起疑，就會馬上接受新的想法。孤陋寡聞，會令人變得多疑。所以，與其悶在心裡煩惱，不如努力開拓見聞，以解開疑惑。他們的想法太天真了，以為他們雇用、交往的都是聖人嗎？這些人就沒有自己的目標嗎？難道我們不該先關注自己的需求，再考慮他人嗎？

因此，要減輕猜疑，別無良方，在心裡當作它可能發生，但又要自我克制、不要輕取妄動，事情發生再說。起疑是為了預先做好安排，萬一是真的，也能減輕受到的傷害。

心中不斷累積的猜疑，就像是蚊蠅的嗡嗡聲。流言蜚語卻是毒藥，會惡意助長虛假有害的訊息。要在這片疑惑的森林中清出一條道路，最好方法就是向被中傷的當事人求證，這樣一來才能了解更多真相。同時，對方也會更謹言慎行，以免引起進一步的誤解。

但是，這方法不能用在卑鄙小人身上。他們一旦發現自己被懷疑，就再也不會說真話。義大利人說：「猜疑消滅了忠誠。」一旦被懷疑，就可以名正言順地作亂。其實他們更應展現忠誠的態度，以洗清自己的嫌疑。

培根金句

「孤陋寡聞，會令人變得多疑。所以，與其悶在心裡煩惱，不如努力開拓見聞，以解開疑惑。」

32 論交談：為什麼講話得體比口若懸河還重要？

有些人喜歡被人稱讚口才好，反應機敏又辯才無礙，卻不在意是否有真才實學，能辨別真偽。他們知道怎麼說得有趣，卻不了解事實，還自鳴得意。相反地，有些人必須事先準備話題，無法隨機應變。他們講話枯燥，難以引起對方的注意力。他們說出重複的內容時，還會引人發笑。

最高超的社交專家，是能引起對方交談的意願，並引導對話，慢慢偷渡到別的話題。能做到這些，才是值得敬佩的談話高手。

在演講和對話時，內容要有起承轉合。如果主題是當前的特定時事，就要加上整體觀察與一般性的結論。講故事的時候，要交代前因後果；對聽眾發問前，先表示自己的看法；開玩笑後，要補上一些嚴肅的話。總之，不管是什麼話題，都不要講得太冗長，否則會讓人「耳朵裡長繭」。

開玩笑時，有幾種話題得避免，如宗教、國家大事和重要人物。個人當前的緊急事務以及令人同情的遭遇，也不適合當成笑話。但也有人會覺得，不說尖酸、傷人的話，就顯現不出自己的機智反應。這種想法應該修正，正如詩人奧維德所說：「孩子，想要馬聽話，少用鞭子，拉緊韁繩就好。」其實，聽眾都分得出來，風趣和尖酸哪裡不同。有些人老是喜歡挖苦別人，也會擔心對方會記仇，但其實大家更害怕被他當成嘲諷的對象。

交談時，提問多、學到的也就更多，帶給他人的快樂也多。懂得調整方向，針對對方的專長去聊，對方會覺得開心，我們也能得到更多知識。但問題不能太尖銳，不然就像個面試官一樣。

記得，要讓別人也有說話的機會。如果有人霸佔了所有的時間，應設法打斷他，讓其他人說話。就像在跳社交舞蹈「嘉拉德舞」(Galliard)時，有人自顧自地跳，現場樂師就會提醒他。

有時，別人以為你知道某樣事，如果你沒有否認，那就會被誤認為那方面的專家。

談話時少提到自己的事，就算有，也要謹慎發言。我有個朋友，他說最看不起自吹自擂的人：「這種人最有智慧，因為他老是在談自己的事。」還不如稱讚對方的某項優點，順便提到自己那方面也不差，這樣就能相互輝映。

除此之外，我們也應該少談他人的隱私。談話的氣氛應該像處在大草原一樣，而不是尋找小路，直直通向某人的家門。我有兩個朋友是家道中落的貴族，甲先生老喜歡嘲諷別人，但又喜歡在家裡大宴賓客；乙先生則會問前去參加的賓客：「老實告訴我，他那天是否又譏笑某人？」客人總是一五一十地回答，乙先生就說：「我早就料到他會糟蹋一場美好的晚宴。」

「出言謹慎」勝遠於「口若懸河」。談話時，用詞與內容得體，要勝於字字句句都是諂媚的好話。有的人可以滔滔不絕地自說自話，卻不能機敏地與人對答，顯然是頭腦不夠敏捷。相反地，善於應答，卻不能有條理地講述前因後果，代表這個人知識淺薄。有些動物跑得快（如格雷伊獵犬），有些動物跑得慢，但能夠快速變換方向（如野兔）。演講時，在切入正題前鋪陳太多，聽眾會失去耐心；開門見山進入主題，則又太過枯燥乏味。

培根金句

「聽眾都分得出來，風趣和尖酸哪裡不同。有些人老是喜歡挖苦別人，但其實大家更害怕被他當成嘲諷的對象。」

33 論殖民地：如何管理海外基地？

拓展殖民地的歷史非常悠久，它充分展現了古老民族的雄心。世界像一位母親，年輕時生了許多孩子，可是老了以後，生的孩子就少了。殖民地可說是老王國的幼子，這麼說絕不過分。

殖民地最好建立在未開化的地區，這樣一來，政府就不必為了移入本國人而驅趕原住民，否則就不叫殖民，而是大屠殺了。

建設國家就像造林一樣，通常要過二十年後才會有所成長，接著才能期待豐碩的成果。多數國家殖民會失敗，主要原因在於，一開始毫不保留、迫不及待地要榨取當地的資源。當然，有些政府比較高明，有辦法即刻獲取資源，同時不會危害殖民地的發展。總之，剝削殖民是危險的做法。

有些統治者會把社會中的敗類和罪犯送去開發殖民地，這種做法很可恥，一定會受到天譴。這些人會毀了殖民地。他們當然不會改邪歸正、努力工作，而是更加遊手好閒、為非作歹。把資源耗光之後，覺得乏味無趣了，就會寫信向母國抱怨殖民地的缺點。

因此，派去殖民地的人選，應該是園丁、農夫、工人、鐵匠、木匠、漁夫、捕鳥人、廚子、麵包師、藥劑師和外科醫生。

開墾人員到了殖民地後，先四周觀察，看看出產些什麼農作物，若有栗子、胡桃、鳳梨、橄欖、棗子、李子、櫻桃或野生蜂蜜等，就加以利用。然後再研究，有哪些作物可以快速生長，當年就可以收穫，如蘿蔔、蕪菁、洋蔥、菊芋或玉米。小麥、大麥和燕麥都太費工了，所以一開始可以種豌豆和大豆，比較省人力，可以做菜又可以當糧食。稻子可以增加糧食產量。重要的是，一開始要帶大量的餅乾，還有燕麥、小麥等穀物磨成的粉，以製作麵包。至於家畜和家禽，要先帶那些不易得病、繁殖最快的，比如豬、山羊、雞、火雞、鵝和鴿子等。

殖民地的食物供應，要採取定量配給，就如同被敵軍包圍的城市那樣。耕地主要歸殖民政府所有，農作物收成後先儲存起來，再按耕種者的土地面積進行分配。至於零星的土地，可由個人自行耕種。

有關單位還要研究，殖民地有哪些經濟作物可以賺錢，以補充建設所需開銷。前提是，不能危及殖民地原有的農作物，否則就會像維吉尼亞那樣，菸草成為主要的作物。

一般來說，殖民地的林地都很茂密，適合伐木出售。若鐵礦附近有溪流，就可以設置工廠。在森林茂密的地方，鐵可以用來打造許多工具。氣候合適的話，還可以生產海鹽。纖維作物也很有價值，可以製成熱銷的產品。在冷杉和松樹茂密的地方，松脂和焦油也不會少；樟樹的經濟價值更高。不過，別花太多力氣在尋找地下礦產，發現的機率不高，而且工作人員會以此當藉口，不去從事其他生產工作。

殖民地的行政組織，最好由總督一人主掌，加上一些顧問協助就好。母國可以賦予他們權力，施行小規模的軍事管制。最要緊的是，身處蠻荒之地，一定需要上帝保佑與賜福，所以要有教會，當地的同胞才能去做禮拜。

顧問的權力不能太大，也不要讓母國的投資人插手殖民地事務。這些人不能太多，最好是有遠見的貴族和士紳，而不是短視近利的商人。在殖民地壯大之前，母國應免除其出口的關稅，並允許殖民政府把商品運到高價的市場去賣。

注意殖民地的人口數量，不要一批接一批地移入本國人民。當地人口減少時，再送去一定比例的移民或工作者。人數要適量，同胞才能在殖民地安居樂業，否則一旦人滿為患，就會出現貧窮問題。有些殖民地靠近海邊、河邊或沼澤附近，這些地方衛生不容易維持，居民的健康很容易受影響。為了運輸的成本與時間，一開始建立基地時，都會選擇海邊或河邊，但之後就要往平地發展，而不是沿著河流。工作人員要儲備充足的食鹽，除了維持健康，必要時也可以用來醃製食物。

如遇到原住民，不要用小玩意和便宜首飾來討好他們。我們要以公平、有禮的態度對待他們，並保持一定的戒心。不要為了拉攏他們，而去攻打他們的宿敵，但他們受到侵略時，一定要去協防。殖民政府應該多送原住民到母國參觀，他們看到我們高水準的生活品質後，就會回到村落到處宣揚。

殖民地壯大之後，就可以開放本國女性移民過去。殖民地的人口就更容易增加，隨著世代繁衍，母國就不再需要補充人丁過去。殖民地發達起來後，母國絕不能拋棄它，否則會成為世界的罪人。這種不負責任的做法，一定會引起國際撻伐，當年許多開墾者的生命也因此白白犧牲了。

培根金句

「多數國家殖民會失敗，主要原因在於，一開始毫不保留、迫不及待地要榨取當地的資源。」

34 論財富：發大財的祕訣是什麼？

追求財富不是為了炫耀。正當地獲得財富，有節制地使用，妥善地規劃，最後心滿意足地留給後人。

財富會拖累德行，這個說法不過分。有趣的是，羅馬人稱它為「後勤補給」。因為財富就是德行的補給，雖然不能拋棄，但會影響行軍速度。有時為了顧及補給，還會失去致勝先機，甚至影響戰果。

巨大的財富沒有任何用處，只能花掉，其餘的功用只存在於想像中。所羅門王才說：「貨物增添，吃的人也增添；物主得什麼益處呢？不過眼看而已。」（《傳道書》第五章）

個人的享受有限，所以體驗不到巨量財富的所有價值。但他可以存起來，用自己的權力分配到不同領域，包括做慈善事業，進而博得美名。不過對當事人來說，這些作為都沒有實際的用處。你難道沒發現，那些小石頭和稀有之物的價格是多麼虛幻？富人那些炫耀之舉，不過是為了證明財富真的有用。

有人會說，財富可以保命，讓人遠離危險和擺脫麻煩。所羅門王說：「富足人的財物是他的堅城，在他心想，猶如高牆。」（《箴言》第十八章）這話說得太好了，那種安全感只是有錢人的「心想」，事實上並不盡然。可想而知，財富保不了生命，因它喪命的人還比較多。

雖然如此，也不要像隱士或托缽僧那樣瞧不起財富，而是要合理地看待它。西塞羅對波斯圖瑪斯的評語很精闢：「他努力賺錢，不是為了滿足貪欲，而是為了獲得行善的資本。」銘記所羅門王的話，不要想成為暴發戶：「想要急速發財的，不免受罰。」（《箴言》第二十八章）

在神話故事中，朱庇特遣財神普路托斯（Plutus）去辦事時，後者舉步維艱、拖泥帶水地去完成。但若是冥王普魯托的請求，他就健步如飛、用最快的速度辦完。也就是說，以正當、誠實的手段辛苦工作，錢就賺得很慢，但是有人死去的話，財富就會從天而降，如繼承遺產。普魯托也許就是魔鬼，告訴大家如何賺黑心錢。在魔鬼的唆使下，透過欺詐、壓迫和其他不公義的手段，很快就能獲得財富。

致富的手段很多，多數都很骯髒。吝嗇還算最乾淨的，但並非完全無害，人會因此變得小氣，不願多做善事。獲得財富最自然的方法，就是投入農業改革，這是我們大地母親的恩賜，只是過程很漫長。但如果富人願意放低身段，投入於農牧業，那農作物就會成倍數地成長，財富自然到來。

我的朋友是英國貴族，其收入非常驚人。他旗下有超大的牧場、林場、礦場，還經營許多產業如穀物販售。他擁有的土地像是一片大海，源源不絕地供應物產。

有的人發現，賺小錢很難、賺大錢卻很容易，這話很有道理。資本夠大。就可以等到市場最有利的時機再投資。有雄厚的資金，就可以投入門檻很高的事業，還能和年輕人一起創業。這種人注定要發大財。

一般的手工業者，收入都很穩定。他們要增加收入有兩種方法，一是勤勞，二是口碑好，價格公道、品質精良。

千萬別靠投機的手段賺錢，這是不義之財。比如說乘人之危敲竹槓，或是找人當說客，說服對方投資。還有人會耍心機，把買家騙走，讓對手做不成生意。這些詐欺的手段非常可惡，令人感到不齒。

有些人買東西不是為了持有，只是為了賣出，也就是所謂的買低賣高，這樣賣家和買家兩方面的錢都能賺到。合夥做生意，精心選擇可信賴的人手，才能賺大錢。放高利貸一定能賺錢，但這種手段很可惡，根本是「靠他人汗流滿面」來糊口，連應該休息的禮拜日都要算利息。放高利貸獲利高，但也有漏洞，掮客為了賺佣金，哪怕是信用不佳的人，也說對方一定會還錢。

幸運的話，開創新事物或是獲得商業貿易的特權，就能帶來驚人的財富。在加那利群島，第一個種甘蔗的園主就因此賺大錢。邏輯學家拉米斯（Petrus Ramus）說，發明和判斷一樣重要，只要生對時代，就能成大事。

收入固定的人很難發大財，但是把財產都拿去投資創業，又很容易傾家蕩產。因此創業前，最好要有固定的收益，這樣投資失利時也不會沒有後援。如果政府沒有管控的話，壟斷或是囤積貨物都會賺大錢，如果有內幕消息，知道有哪些物品會大量需求，就可事先大量儲備。

僕人也有機會變富人，只要他服侍的是王公貴族。平常多阿諛奉承、卑躬屈膝，就可以得到獎賞，雖然這種手段很低級。有些從事法律工作的人，四處幫人立遺囑、處理遺產繼承，以賺取手續費。塔西佗說：「塞內加拿了網，到處尋找遺囑跟其繼承人。」他們比僕人更加懂得逢迎拍馬，所以更令人不齒。

有些人喜歡裝模作樣，瞧不起有錢人，但其實是因為沒有致富的能力。一旦意外發達了，就會原形畢露。不要計較小錢，正如《箴言》上說：「因錢財必長翅膀，如鷹向天飛去。」適時放飛，讓它帶回更多的錢財。

遺產可以留給親屬，也可以留做公益，但不管是哪種情形都要適量。把大筆遺產留給涉世未深的年輕繼承人，就像引誘一大群猛禽到他身邊，前來搶奪。

同樣地，為了炫耀財富而做善事、設立基金，就像是獻給神祭品沒有加鹽一樣，毫無誠意（《利未記》第二章）。《馬太福音》上也說，這種行為是「粉飾的墳墓……裡面卻裝滿了死人的骨頭和一切的汙穢」。所以，金額不是做善事的標準，錢捐得多不代表他是好人。也不需要遺囑上寫，說死後要捐一大筆錢，仔細研究就會發現，這些人根本不是在花自己的錢，而是慷他人之慨。

培根金句

「以正當、誠實的手段辛苦工作，錢就賺得很慢。在魔鬼的唆使下，透過欺詐、壓迫和其他不公義的手段，很快就能獲得財富。」

35 論預言：為什麼對於來路不明的預測和傳說要持保留態度？

這裡談的不是上帝的預言，也不是異教的神諭，也不是根據自然現象所做的占卜，而是一些來路不明的預言，卻莫名其妙地實現了。《聖經》中記載，在開戰前夕，以色列王掃羅透過女巫招來先知撒母耳的鬼魂，先知說：「明日你和你眾子必與我在一處了。」結果掃羅全軍覆沒。

荷馬也寫過：「埃涅阿斯（Aeneas）這一族，他的子子孫孫，將統治所有的土地。」根據傳說，希臘人埃涅阿斯在特洛伊戰爭後，建立了羅馬城。人天生就想要預測未來之事。羅馬作家塞內加寫了這幾行詩：

在遙遠的未來，

海洋將鬆開對世界的束縛，
遼闊的大陸將會顯現出來，
船長蒂菲斯（Tiphys）將開啟新的世界，
北方的圖勒（Thule）不再是陸地的盡頭。

後來歐洲人發現美洲大陸，應該跟這則預言有關。薩摩斯島國王波利克拉特斯（Polycrates）的女兒夢見朱庇特給她父親沐浴，阿波羅給他塗油。結果國王被俘，釘在廣場的十字架上，太陽曬得他流汗遍體，接著大雨又把他淋濕。

馬其頓王腓力二世夢見他把妻子的肚子封了起來，他認為，這代表妻子不會生育。但預言家阿里斯坦德（Aristander）告訴他，這意味著他妻子懷孕了，因為人不會把空的容器封起來。

布魯圖斯刺殺凱撒後，有個鬼魂出現在他帳篷裡，對他說：「你會在腓立比再見到我的。」加爾巴還是士兵的時候，皇帝提比略對他說：「加爾巴，你也會嘗到擁有帝國的滋味。」在維斯帕先的時代，東方流傳著一則預言，說猶地亞（Judea）會有個人出來統治全世界。它指的應該是救世主耶穌，但塔西佗認為是維斯帕先。

在被刺殺的前一晚，皇帝圖密善夢到一個黃金的頭，從他的脖子裡長出來。確實，後來繼任的皇帝創造了羅馬最強盛的黃金時代。亨利七世還是個少年時，端茶水給當時的英王亨利六世。六世跟在場的眾人說：「我們彼此爭奪王位，將來享有大權的卻是這個少年。」

我在法國的時候，有位醫生跟我說，卡薩琳王后相信巫術，還拿丈夫的生辰去占卜，不過她沒有說那是國王亨利二世。那位占星師判斷，此人會死於決鬥。王后聽了大笑，她丈夫的地位那麼崇高，怎麼可能還接受挑戰去跟人決鬥。但國王後來確實意外身亡。他騎著馬，持長矛跟人比武，對手是侍衛長蒙哥馬利。比到一半，侍衛長的矛柄突然碎裂，碎片刺穿了國王的頭盔。

有一則流傳很廣的預言，我童年時也聽過。當時女王伊莉莎白一世如日中天，有人說：「等大麻（hempe）成了線，英格蘭就完蛋。」於是大家相信，當君王名字第一個字母逐一串連起來，組成hempe，英格蘭就要滅亡。這五位君王分別是亨利（Henry）八世、愛德華（Edward）六世、瑪莉（Mary）一世、腓力（Philip）二世與伊莉莎白（Elizabeth）一世。這預言果然實現，但感謝上帝，只有國名改變。英格蘭與蘇格蘭合併後，我王稱號不再是英格蘭王，而是不列顛王了。

在一五八八年之前還流傳一則預言，但意義我不是很明白：「有一天你將看見，在蘇格蘭的巴斯岩（Bass Rock）和五月島（The Isle of May）之間，諾威的黑色艦隊出現。艦隊一旦覆亡，英格蘭改用石頭和石灰建房，以後再也不會打仗。」後來民眾發現，那就是一五八八年進犯英格蘭的西班牙艦隊，而西班牙國王本姓諾威。再來，數學家雷格蒙塔努斯（Regiomontanus）也曾預言，一五八八年年會發生奇蹟。所以眾人認為，上天早已注定，那支龐大艦隊出征會失敗。跟歷史上的海軍比起來，這個艦隊沒有最多船隻，但戰力卻最強。

雅典政治家克里昂（Cleon）夢到，他被一條長龍吞噬了。不過這個夢的意義很好笑。有人解釋，那長龍是一位做臘腸的師傅，而他常給克里昂帶來麻煩。

類似的預言還有許多。夢境、占星師的預言也算進去的話，例子就更多了。不過，我上面所列舉的預言，都是確實發生的歷史事件。我認為，不用認真看待預言，冬天人們圍著火爐時，拿來當閒聊的話題就好。雖然不用相信它們，但如果有人散布、流傳，就一定要加以制止。因為它們對社會的危害很大，包含亨利八世在內的三位君主都有立法禁止。雖然如此，有些民眾不但不排斥，還深深相信。

原因有三：

第一，人們只記得應驗的預言，卻忽視那些落空的瞎猜之詞。解夢時也是這樣，只記得在生活中重現的。

第二，有些事情發生的可能性高，很容易猜中。而許多古老寓言的說詞都模稜兩可，怎麼解釋都可以。人天生渴望預知未來，所以會覺得，把內心的猜想當作預言，無傷大雅。塞內加的那幾行詩就是如此。當時許多資料已經證明，在大西洋的另一邊，還有廣大的區域，而且不可能都是海洋。柏拉圖在《蒂邁歐篇》（和《亞特蘭提斯篇》都提到傳說中的新大陸，人們受到啟發，便把猜測變成預言。

第三，最主要的原因在於，這些不計其數的預言，都是騙人的把戲。總有一批無所事事的人，唯恐天下不亂，常在事件發生後，瞎掰或偽造那些預言。

培根金句

「人們只記得應驗的預言，卻忽視那些落空的瞎猜之詞。」

36 論野心：如何管理企圖心旺盛的屬下？

野心就像是身體裡的黃膽汁，運行流暢的時候，能使人積極、認真、敏捷和活躍。一旦流得不順暢，無法發揮作用，人就會變得焦躁又兇惡。

野心勃勃的人，發現前方道路通行無阻，一路平步青雲，就不會變成危險的傢伙，頂多只是些好管閒而已。但遇到障礙的話，就會心懷不滿，用凶惡的眼神看身邊的人事物。組織的工作出問題時，他還會幸災樂禍。君王或國家的官員若有這種心態，一定會釀成大禍。

因此，任用有野心的官員，就要特別安排，讓他不斷升遷，避免他被降級。這過程很麻煩，所以最好不要引狼入室。他們的職位若沒有隨著職務內容升遷，就會在下臺的時候留下一堆爛攤子。因此，除非必要，不要聘請天生狼性的人。

接下來談談，在哪些情形下，一定要找有野心的人來幫忙。打仗時，一定要有優秀、霸氣的統帥，這樣才能打勝仗。而沒有野心的士兵，就像不穿馬刺的騎士一樣。

有野心的人可以成為君王的擋箭牌，遇到危險的事情可以挺身而出，並成為眾矢之的。沒人願意扮演這種角色，除非是一隻被蒙上眼睛的鴿子，因為看不見周圍狀況，所以越飛越高。

有野心的人可以參與政治鬥爭，把權力太大、勢焰熏天的大臣拉下臺。提比略就是這樣利用馬克羅（Macro）來除掉塞揚努斯。在這些情形下，任用有野心的人是必要的。

接下來要談談怎麼控制他們，以減少其威脅。以下這些人很難成氣候，所以不用擔心。第一，出生卑賤而非貴族。第二，生性殘酷、為人高傲又令人唾棄。第三，剛獲得提拔而非久居高位，心思單純又不會算計。

有些人認為，君王有寵臣的話，就很容易被控制。但為了制衡有野心的權臣，扶植寵臣是最好的方法。只有寵臣有辦法取悅或觸怒君王，其他人很難有那麼大的權勢。

控制有野心的人，還有一種方法，就是找來同樣狂妄的人來制衡他們。但必須搭配一些不偏不倚的大臣，才能穩定大局。沒有壓艙物，船就會搖晃得太厲害。不管怎樣，君王可以煽動一些地位低的人當打手，以懲罰有野心的臣屬。

要對付有野心的人，就要時時製造危機感。生性懦怯的人，因此就不敢太張狂。而大膽又強悍的人，反而會提前造反，試圖推翻當局。若情勢所急，要把他們拉下馬，但又沒有效率高的萬全之策，那就只有一個辦法：突然給予賞賜或懲罰，讓他們摸不著頭緒，就像在林中迷了路。

有些人喜歡做大事，這不是問題，就怕什麼事都要插一腳，那只會擾亂秩序與大家的工作。所以，與其讓他培養很多追隨者，不如讓他專心做大事。想要脫穎而出，打敗一群能幹的人，這是個艱難的任務，但對老百姓有好處。不過有些人想在一群羊中當唯一的獅子，那就會擾亂整個社會了。

謀求高官顯職，有三種動機：獲得有利地位可以做善事；接近君王和要人；增加個人的財富。追求高位還不忘崇高的理想，這人就是正人君子。賢明的君王要能分辨出誰有這種抱負，才授予他高官顯職。

整體來說，君王和國家在選擇大臣的時候，要挑有責任的人，不會一心想升官。這種人做事出於良心，不會想到處炫耀。所以我們一定要明辨，哪些人是好事者，哪些人是真的想服務社稷。

培根金句

「最好不要引狼入室。他們的職位若沒有隨著職務內容升遷，就會在下臺的時候留下一堆爛攤子。除非必要，不要聘請天生狼性的人。」

37 論假面喜劇和比武大會：宮廷有哪些娛樂？

本書大多討論嚴肅的議題，本篇討論的是娛樂。既然君主喜歡假面喜劇（masque）和比武大會（triumph），那最好辦得優美典雅一點，避免奢華鋪張。

在歌聲的伴奏下起舞，場面華美，給人愉悅的感受。依我所見，現場應該有合唱團，安排站在高處，並搭配一組樂團，歌詞應該和劇情相配。唱歌時，團員應該有動作，在對唱時更要有優雅的手勢。請注意，我說的是動作，而不是舞蹈。我認為，邊唱歌邊跳舞，既庸俗又低級。

團員的歌喉應該嘹亮而有男子氣概，但是高音的部分不要安排童聲歌手。歌聲應高亢悲壯，而不是嬌美婉轉；此起彼伏，就像輪唱聖歌動聽。舞者排成形狀的隊形，我認為非常幼稚。讀者應注意，我提出這些建議，不是嘩眾取寵，而是為了讓聽眾感官愉悅。

布景可以有多點變化，但換場時要無聲無息，就能增加觀賞的美感和樂趣。人們會看膩同樣的布景，所以要讓眼睛休息一下，再換上新的視覺享受。舞臺應當有充分的照明，要有特殊而多變的色彩。演員走下觀眾席前，要在舞臺上做一些新奇的動作，吸引觀眾的眼光，好引起他們的興趣，想看看發生什麼事。歌聲應嘹亮而歡樂，而不應像鳥兒啁啾、病人呻吟，背景音樂也應活潑響亮。

在燭光下，最鮮明的顏色是白色、粉紅色和海水綠。小圓金屬片和飾片很便宜，縫在戲服上會閃閃發光、耀眼奪目。在燭光下，反倒看不清戲服上精緻的刺繡，顯不出其華麗。演員應穿上華美的戲服，表演結束、脫下面具後，還能襯托他的氣質。戲服應請人特別設計，而不是常見的土耳其裝、軍裝或水手裝。

串場的搞笑節目要簡短，出場的角色有：弄臣、好色的半羊人、醜八怪、野人、怪人、野獸、精靈、女巫、黑人、小矮人、土耳其人、仙女、鄉巴佬等。天使不適合放在喜劇節目，可怕的角色如魔鬼、巨人也不適合。

重要的是，搞笑節目的音樂要很歡樂，轉換調性時要出人意料。天氣熱的時候，朝著觀眾噴灑香霧，也會令人神清氣爽，備感快樂，但記得水氣不要太重。有一種假面喜劇男女演員各半，可增加戲劇的趣味與多樣性，不過場地一定要乾淨整潔。

接著談到比武大會。除了一對一比試，武士會騎馬，持長矛、長劍比武，還有更壯觀的場面。挑戰者會乘坐戰車入場，拉車的是獅子、熊、駱駝等珍奇異獸。他們入場時，旗子上的紋章徽記多麼光彩，侍從制服多麼華麗，盔甲和馬飾多麼鮮明。娛樂之事先談到這裡。

培根金句

「宮廷表演最好辦得優美典雅一點，避免奢華鋪張。」

38 論天性：如何改變與生俱來的缺點？

人有各種隱藏的性格，有些可以改變，但很少能根除。強迫改變，內心的反彈會更激烈。受過教育、經由他人規勸誡告後，個性會變得溫和一點，但還是要養成習慣，才能改變和制服天生的劣根性。

要戰勝惰性，給自己設定的目標不能過大也不能太小。目標太高遠，就會不斷失敗而失去信心。任務太簡單，雖然經常獲得成功，但不能進步。一開始，我們要幫助他練習，就像初學游泳者借助氣囊和浮筏。過了一段時間之後，就應該提升難度，就像舞者穿著厚鞋練習，讓技藝臻於完美，上場表演時就會更精彩。

劣根性太重，難以克服的話，就必須分階段對治。第一步是減輕它的作用，脾氣不好的人，可以默念字母表以平緩怒氣。第二是減少它出現的次數，想戒酒的話，就不要在用餐過程中與人敬酒，開動時喝一杯就好。依照這兩個方式，最後就能戒除天生的壞習慣。

有毅力和決心要徹頭徹尾改變，那當然是最好的。詩人奧維德說：「掙脫、扭斷纏在胸膛上的鎖鏈，不再傷心，才能解放自己的心靈。」古人也發現一個道理，要改變個性，就如同把彎曲的木棍往反方向扳到極點，放開後就直了。前提是，反方向的極點不能是惡習。

培養習慣不能用強迫的方式、日以繼夜自我要求，應稍有間歇。在休息期間，新習慣也會默默強化。如果陋習還沒去除，又不斷在練習新習慣，那不只會出現新能力，原來的缺點也會更深化，兩者都成為習慣。這時除了適當休息，沒有其他的補救方法。

因此，我們不可太有自信，相信自己一定會克服劣根性，它們能潛伏很久，受到誘惑就會復活。在《伊索寓言》中，有隻貓變成女子，莊重地坐在餐桌上，這時有隻老鼠突然在她面前跑過，她就原形畢露。因此，除非能完全避免某些場合，不要經常面對誘惑，那劣根性就不容易被挑起了。

在這幾種情形下，人的本性特別容易顯露出來。私下相處時，我們比較不會裝腔作勢；情緒激動的時候，就會忘記所有禮節；碰到新的情況，原有的做法就派不上用場了。

職業和本性相符的話，是最快樂的人生。勉強餬口的人常說：「我的靈魂只是暫住在工作場所。」念書也一樣，在不得已的情況下學習，才需要規定上課時間。符合興趣的事物，就不必有什麼規定的時間，他的念頭會自動飛到那裡去，隨時尋找空閒時間去學習。

人的天性就像植物一樣，有些會長成藥草、有些會變成雜草。因此，應該常常澆灌藥草，拔除雜草。

培根金句

「人的天性就像植物一樣，有些會長成藥草、有些會變成雜草。因此，應該常常澆灌藥草，拔除雜草。」

39

論習慣：為何教育是改變人最根本的方法？

人在思考時，多半依據自己天生的好惡。說話和發言時，總是依據所學和接收到的意見。不過在行動時，總是出於習慣。馬基維利這句話說得很好：「別相信自己天生會向上求進步，也不要一直強調自己勇於嘗試，除非你能強化自己的習慣。」他舉了一個負面的例子。若你想找人進行某個無法無天的陰謀，最佳的人選不是天性兇猛的惡徒，或是口氣張狂的暴徒，而是手上曾染過鮮血的人。

但馬基維利沒機會看到，克萊門（Jacques Clément）修士刺殺法王亨利三世；拉瓦亞克（François Ravaillac）刺殺法王亨利四世；若雷吉（Juan de Jáuregui）突襲了奧倫治親王「沉默的威廉」；赫拉德（Balthasar Gérard）刺殺了奧倫治親王。這四個人都沒有當刺客的經驗，但是他所說的道理還是成立。總之，不管是天性還是口頭的承諾，都沒有習慣有力。

如今宗教衝突嚴重，這四人都是狂熱者，就算是第一次殺人，也和行刑者一樣鎮定。而且，現代人也很看重誓言，就和經驗一樣重要。不過基本上，習慣和經驗還是普遍的看人標準。有些人發了重誓、誇下海口，再三保證會改頭換面，卻依然故我。他們彷彿是沒有生命的泥塑木雕，被無意識的習慣推著前進。

在有些地方，習慣和風俗主宰了所有人的生活。有些印度哲人會安靜地躺在柴堆上，自焚獻祭，妻子們還搶著要陪葬。斯巴達的少年習慣去月亮女神黛安娜的祭壇上受鞭笞，痛還不能出聲。在伊莉莎白女王統治初期，有個被判死刑的愛爾蘭叛黨向其總督求情，吊死他的時候不要用絞索，而是要用荊木製成的木條，因為以前叛黨都是這樣被處死的。俄國的修道士為了悔罪，會在水桶裡坐上一整夜，直到自己和水一起凍成冰。

習慣左右了我們的觀念和行為，相關的例子還很多。它是生活的主要指引，所以我們應盡一切努力養成好的習慣。毫無疑問，從幼年開始，最容易養成好習慣的方式就是教育。

大家都知道，學習語言從幼年開始最有效，舌頭比較柔軟，很快能學會各種發音和腔調。在運動項目上，幼童比較靈活，更能做出高難度的動作。年紀大了以後才開始各方面學習的人，可塑性比較弱。有些人不允許自己的頭腦僵化，總是努力保持開放的心態，不斷自我改進，但這樣的人極少。

個人所培養的習慣如此有力。在團體中，眾人一起養成的各項習慣力量更強。在那裡，有榜樣可以學習，還有同伴能尋求幫助。在良性競爭下，可以啟發自己的上進心，以得到更高的榮譽和學習效果。因此，習慣在團體中會展現最大的力量。

無疑，全體國民的美德要提升，有賴於各種組織完整、運作良好的社會機構。再英明的政府也只能維持行之有年的美德，卻不會去撒下美德的種子，以改良社會風俗。可悲的是，教育是最有效的手段，現在卻被拿去傳播迷信。

培根金句

「若你想找人進行某個無法無天的陰謀，最佳的人選不是天性兇猛的惡徒，或是口氣張狂的暴徒，而是手上曾染過鮮血的人。」

40 論幸運：如何創造自己的命運？

無可否認，許多外在的偶然因素會帶來好運，如貴人相助、時機巧合、敵人死去或是各種環境上的優勢，但命運主要還是靠自己的雙手去創造。詩人說：「每個人都是自己命運的創造者。」最常見的外在因素，就是他人做了蠢事，讓我們漁翁得利。他人的錯誤會讓自己突然走運，正所謂：「蛇吃蛇，變成龍。」

顯而易見的長處大家都會讚美，但隱而不顯的優點，才會帶來好運氣。也就是說，這個人做事風格很自然，用言語難以形容。西班牙人說這種人「活得自在不費力」(desembolturа)，個性不固執、不偏激，因此心之所至、心想事成。這番話的確有幾分道理。羅馬史學家李維（Titus Livius）如此描述老加圖將軍：「這人有強健的體魄和高超的智力，不管出生在哪個社會階層，都能為自己創造出好運。」最後他得出結論說：「這人有很強的適應能力。」

因此，只要我們保持機警、注意各種細節，就能看到幸運女神。雖然她是盲目的，但我們還能看到她。幸運之路像是天上的銀河，匯合了許多小星星。每顆星星的個別發出的光都很微弱，但聚在一起互相輝映，所有人就看得見。所以，不要看輕自己許多不顯眼的小長處、能耐或好習慣，湊在一起就能帶來好運。

我們很少注意到，原來一些小習慣也是優點，但義大利人發現了。所以，他們看到一帆風順的人，除了誇獎他的能力，還會加上一句：「傻人有傻福。」總之，只要帶點傻氣，但不要太坦白，就能給自己帶來好運。因此，瘋狂熱愛自己的國家或長官，就不可能得到好運。他們把心思全放在外面的人事物，就不能專心走自己的路。

意外發了橫財，人就會變得投機、蠢蠢欲動。法國人說，這種人大膽冒進（entreprenant）且不安於室（emuant）。不過，辛苦工作得來的財富，才能造就有能力的人。我們當然尊敬幸運女神，而且也想得到她的兩個女兒：「自信」和「聲譽」。因為成功會帶來這兩樣東西，前者進入自己的心中，後者展現在他人對你的態度中。

為了化解他人的嫉妒心，明哲之士一有了成就，就會把它們歸功於上帝或運氣。如此，他們就可以心安理得享受這些成果。眾人還會說，這個人一定是人中之龍，才會受神的關照。

每個人都是自己命運的創造者。所以，凱撒在暴風雨中對掌舵者說：「你載的是凱撒，還有他的幸運。」獨裁官蘇拉所選的稱號不是「偉人」，而是「幸運者」。然而，有些人老是在公開場合，把成就歸功於自己的聰明和謀略，其下場反而很淒慘。古書記載，雅典人提摩修斯（Timotheus）向政府報告自己的政績時，不斷穿插這句話：「我絕對不是憑運氣辦到的。」從此以後，他做事老是以失敗收場。

毫無疑問，有些人總是在走運，人生就像荷馬的詩歌一樣自然又流暢。普魯塔克也寫道，希臘將領泰摩利昂（Timoleon）總是不費吹灰之力就打勝仗，斯巴達國王阿格西萊（Agesilaus）與希臘將領伊巴密濃達（Epaminondas）戰功彪炳，卻死於戰場上。之所以如此，全都歸因於個人的處事態度。

培根金句

「隱而不顯的優點，才會帶來好運。個性不固執、不偏激，心之所至，便能心想事成。」

41 論貸款：放款人對社會有哪些功用？

許多人挖苦過利息這件事。我們收入的十分之一，本來是應該貢獻給上帝，可惜現在被魔鬼佔有。他們還說，放款人破壞了安息日的規定，因為在禮拜天他的犁還在耕田。維吉爾說，放款人就像好吃懶做的雄蜂，最後被趕出蜂巢。他們又說，放款人破壞了人類墮落後上帝所制定的第一個法條，即「你必汗流滿面才得糊口」，但放款人卻是靠「他人汗流滿面」來糊口。他們又說，放貸人應該戴上橙色或黃褐色的帽子，因為他們跟猶太人沒兩樣。他們又說，讓錢生錢是違反天道。

我認為，貸款是不得已的活動，正如摩西說「因為你們的心硬，所以許你們休妻」。既然借貸關係必然存在，而人心剛硬，又不願白白借錢給人，所以才得加上利息。針對銀行、個人財產申報等新措施，有人提過詳細的建言，但很少有人對貸款發表過實用的意見。把優缺點列舉出來，就可以避免犯錯、獲得利益，在謹慎的狀況下從事貸款業務。

貸款業務的缺點有幾項缺點。第一，商人會變少。放款人囤積大量的財富，好吃懶做。但金錢應該用於商業活動，那是國家財富的門靜脈。第二，商人會變窮。農地的租金若很高，農民就不能好好耕種土地。商人要交很多的利息，就不能好好做生意。第三點跟前面兩點有關，那就是君王或國家的貨物稅會因此減少，畢竟商業活動都減少了。第四，國家的財富會因此集中到少數人手裡。放貸人保證能賺到錢，而其他行業的收益不穩定，遊戲玩到最後，錢都進了莊家的箱子裡。財富分配比較平均的國家，才會興旺。

第五，土地的價格被壓低了。金錢的主要用途是經商和買地，而貸款中斷了這兩種活動。第六，許多有創意的工作和發明逐漸消失，金錢可以推廣這些活動，但都拿去從事借貸了。最後，許多產業因此慢慢衰退，人民變得更貧困。

另一方面，貸款活動的優點在於，第一，它阻礙了某些商業活動，但也促進了商業發展。毫無疑問，社會大部分的商業活動，都是年輕人借了錢去經商創業。如果放款人抽銀根，或是把錢存起來，商業活動就會馬上停滯。

第二，有需要的人不容易借到錢，遇到緊急狀況時，馬上就會破產。在迫不得已之下，他們只能用低於市場行情的價格把土地與貨物賣掉。因此，雖然貸款活動會減少人民的財產，但市場不景氣，所有人的收入就會歸零。

至於抵押或典當這些生意，對經濟沒有幫助。雖然典當後借來的款項要算利息，不過當鋪老闆寧願沒收典當物。有那麼一位狠心的鄉下富翁，他常說：「我才不在乎貸款，我只想沒收抵押的物品和契據。」

最後，絕不要幻想會出現無息貸款，那太愚蠢了。一旦借貸行業消失，對生活所造成的不便，簡直難以想像。因此，禁止放款人收取利息，絕對是空談。不管是哪個國家都有貸款事業，只是種類和利率不同。無息貸款只是烏托邦的理想而已。

現在談談如何改革和管理借貸業務，怎樣避免它的缺點，並保留它的優點。要平衡優缺點，先要調和兩樣事務。一方面，放款人的牙齒要磨鈍一些，不能一口咬得太大；還要保留暢通的管道，鼓勵有錢人借錢給生意人，以維持並加快商業活動。

要推行兩種不同類型的貸款，一種利息較低，一種利息較高。降低利率，那一般人借款的壓力就減輕，但生意人會借不到錢。需要注意的是，生意人賺得錢才多，能承擔較高的利率，其他行業就不行了。

簡單地說，要達到上述兩個目的，可以採用這個方法。推出兩種利率的貸款方案，一種沒有限制，所有人都可以申請；另一種要審核身分，只有某些人、在某些特定的商業區域才申請。

針對第一種全民通用的貸款，利率要降到百分之五。政府要公開規定，這種貸款全國通用、不限身分。用這筆貸款做生意，有賺錢的話，政府不收取任何稅款。這樣一來，可以確保貸款業務活絡，不至於停頓或衰退，還能減輕國內無數借款人的壓力。整體來說，這個做法還能提升土地的價格。以十六年地租價格購買的土地，每年可以產出百分之六或稍多一點的收益，而貸款的利潤只有百分之五。同樣，此做法也可鼓勵、刺激許多賺錢的行業繼續革新。許多人情願冒險投資新事業，獲取高額利潤，也不願從事借貸，去收取百分之五的利息。

其二，要給某些放款人特許權，允許他們以較高的利率，借款給大企業家，但要有一些預防措施。這種貸款的利率，比他們往年支付的利率稍低一點。在這些改革措施下，包括生意人在內，所有借款人都減輕了一點負擔。

我反對設立銀行或開放入股，每個人的財產自己掌管就好。我不喜歡銀行，它們在某些方面令人生疑，甚至難以容忍。政府發放放款特許證時，可以收取一定比例的稅金，其餘利潤就留給放款人。但稅金很低，才不會讓放款人灰心。舉例來說，放款人之前的收益是百分之九或十，他寧可把收益降到百分之八，也不願放棄借貸的可靠利潤，去追求有風險的事業。

針對獲得特許的放款人，政府不必限定人數，但要限制他們的商業活動範圍，只限於幾個主要的大城鎮，這樣他們不能就買空賣空，借別人的錢再轉手借出去。否則，就會有人申請通用貸款去從事高利率的特許貸款事業。記住，不要把自己的錢送到很遠的地方，也不要把錢交到陌生人的手裡。

有人質疑，我提出的做法，等於把貸款事業合法化了，畢竟以前只有特定地區才可以進行。我的答覆是，與其默許放貸事業不斷猖獗，還不如在官方認可下妥善管理。

培根金句

「社會大部分的商業活動，都是年輕人借了錢去經商創業。如果放款人抽銀根，或是把錢存起來，商業活動就會馬上停滯。」

42

論青年與老年：不同階段的生命有哪些長處？

只要把握時間好好學習，年輕人也可以有老年人的智慧。不過那樣的人不多，年輕人像是一閃即過的念頭，總不如深思熟慮後那麼明智。身體可分年輕與年老，思想也是。不過，青年人的創造力比老年人強，動起腦來有如神助，靈感源源不絕而來。

生性偏激、欲望強烈、心思不定的人，過了盛年之後，做人做事才會成熟。凱撒和塞維魯斯都是這樣。有人說：「塞維魯斯年輕時犯了許多錯誤，不僅如此，還做了許多瘋狂的事。」然而，在所有羅馬皇帝中，他大概是最有能力的一位。

個性沉著的人，年輕時就能有所成就，像屋大維、佛羅倫公爵科西莫・麥地奇、法國將領加斯東・德・福瓦（Gaston de Foix）等。從另一方面來說，熱情有活力的老年人，也適合從事公共服務。

年輕人應該去創造新事物，不適合當評論員。他們適合去執行計畫，不宜從事幕後的策畫工作。他們應該勇於挑戰新工作，不要從事例行性的事務。至於老年人，根據自己的工作經驗，可以提出實用的建議與指導；不過面對新領域，他們的意見就會讓情況雪上加霜。

年輕人犯錯時，通常會一敗塗地；老年人頂多是做得不足或動作太慢。年輕人在管理事務時，常常攬下太多工作，把局面弄得一團糟，無法處理與解決。他們急著看到成果，卻不考慮方法和步驟，隨便擬幾條原則就照著做。他們冒險採用新措施，引起意料之外的麻煩，又總是採取誇張的補救辦法，結果雪上加霜。年輕人犯了錯總不肯承認，也不願改正，就像笨拙的馬，既不能停止前進，也不肯轉彎。

話說回來，老年人喜歡唱反調，不願冒險，花太多時間在討論，一天到晚在後悔。做事很少能貫徹到底，看到有一點成果就休息。

由此可知，最好是老少搭配一起工作，雙方各有長處，可以彌補對方的短處。也有助於經驗傳承，老年人發號施令時，年輕人可以在一旁學習。遇到突發事件時，年長者可以擔任權威者的角色，年輕人贏得民眾的好感和支持。

從道德的角度來看，年輕人更願意去做對的事情，因為老年人有太多政治考量。猶太教的神學家阿布拉內爾（Issac Abravanel）引述了《聖經》裡的這句話：「你們的少年人要見異象，老年人要做異夢。」（《使徒行傳》，第二章）他解釋，比起老年人，上帝更喜歡年輕人接近祂，因為異象是比異夢更清晰，更顯露出神意。因此，人生經驗像酒一樣，飲得越多，醉得也就越厲害。隨著年齡增加，智慧會增長，但是意志力跟熱情會減弱。

有一小部分的人少年得志，但不久就江郎才盡。當中有些人才華有限，鋒芒很快就會消失，比如修辭學家赫摩吉尼斯（Hermogenes）。他早年的著作很精彩，但後來腦袋就不太靈光了。還有一些人才華洋溢，但那些特質在年輕人身上才有魅力，不適合老年人，比如談話時口若懸河、辯才無礙。西塞羅如此評論羅馬演說家霍坦西烏斯（Hortensius）：「他的才華沒有變，但已經不再適合他了。」還有一種人出場時光彩奪目，時間久了就撐不下去，李維筆下的阿非利加努斯（Scipio Africanus）就是這樣：「他晚年的聲譽不及早年的成就。」

培根金句

「最好是老少搭配一起工作，雙方各有長處，可以彌補對方的短處，也有助於經驗傳承。」

43 論美貌：如何欣賞一個人的外表？

才德猶如光彩奪目的寶石，最好鑲嵌在素淨之物上。無疑地，有才德之人，長得俊秀更好，但我指的不是五官好看或身材標緻，而是儀表端莊。不過，絕美之人很少才德出眾，彷彿上帝造人時有所保留，不打算創造完美無瑕的人類。有美貌的人五官漂亮、舉止有魅力，卻胸無大志，不想提升才華與德性，只追求迷人的外表。

當然不能一竿子打翻一船人。凱撒、維斯帕先、「美男子」法王菲力浦四世、英王愛德華四世、雅典政治家亞西比德（Alcibiades）、波斯薩非王朝之伊斯梅爾王，都是當時容貌和身材最好的男子，也是一代英豪。

在美貌上，五官之美更勝膚色，但莊重、優雅之風度，又更勝五官。這才是美貌最幽微之處，從畫像看不出來，看本人時第一眼也看不出。

事實上，所謂絕世的美貌，五官的比例都有些奇特。這麼說來，古希臘畫家阿佩勒斯（Apelles）和德國畫家杜勒（Albrecht Dürer）都在浪費時間，後者按幾何比例來畫人臉，前者從幾張不同的臉挑出特徵，結合成一張最美的臉。我想除了這些畫家之外，平常人不會喜歡這種臉。當然，畫家能畫出超凡又絕美的臉，但應該是隨手拈來，像音樂家寫出優美的旋律，而不是透過死板的原理。有些人臉，一部分一部分細看的話，都很普通，但整體看起來很美。

美貌主要體現在儀態，所以年長者才會更可愛，這一點不足為奇。古人說：「美貌的人年歲到了秋季，還是很迷人。」年輕可補美貌之不足，所以我們才常常特別鼓勵他們，要把握光陰。

美貌就像是夏日的水果，不能久放，容易腐爛。大多數人在年輕貌美時過著放蕩的生活，年老色衰時會覺得哀傷。當然，才德的人有美貌，外表會更加耀眼，內心的罪惡與過錯則不敢見人。

培根金句

「五官之美更勝膚色，但莊重、優雅之風度，又更勝五官。這才是美貌最幽微之處，從畫像看不出來，看本人時第一眼也看不出。」

44

論身障者：為何身體的缺陷也能變優勢？

身障者和老天兩不相欠。老天待他們不仁，他們也對老天不義。如《聖經》所說，他們中的大多數人是「無親情」，用這種態度報復了老天。

在肉體和心靈之間，無疑有一種互補作用。老天在某方面犯了錯，就會在另一方面做大膽的實驗。人可以培養自己的思想結構，但肉體結構上只能聽天由命，所以決定天性的宿命星，有時會被學養和才德的太陽所遮掩。所以，最好不要把身體的缺陷看作失敗的象徵，那是騙人的；應當把它看作起因，總會產生某些效果。

無論是誰，身上有某種被人輕蔑的永久性缺陷，就會產生持久不衰的動力，解救自己，以克服歧視的眼光。因此，身障者都極為有膽識。童年時，他們很容易被歧視，勇敢只是自我保護的色彩，但久而久之，就養成了習慣。

身體有缺陷，所以他們更加努力學習，更勤於觀察別人的弱點，以期有把柄可以報復。上位者覺得可以隨意踐踏身障者，所以不會嫉妒他們的才能。對頭和敵手則不會提防他們，不相信他們會得到提拔，直到目睹他們就職。所以，整體而言，對才智出眾之士來說，身體的缺陷反而是升遷的有利助力。

古代的帝王常常極為寵信閹人，現在有些國家還是這樣。閹人嫉妒天下人，只對君主一人恭順盡責。但帝王只讓閹人充當可信賴的密探和耳目，而不是文武官員。身障者受重用也是類似的原因，如果他們有志氣的話，就會努力擺脫別人的歧視，要麼成為才德之士，或是極惡之徒。

所以不必驚訝，身障者也會成為傑出人物，包括阿格西勞斯、蘇萊曼之子贊格爾（Zanger）、作家伊索、秘魯總督加斯卡（Pedro de la Gasca）和蘇格拉底等。

培根金句

「人可以培養自己的思想結構，但肉體結構上只能聽天由命，所以決定天性的宿命星，有時會被學養和才德的太陽所遮掩。」

45 論建築：合宜的住處有哪些特點？

建房是為了住在裡面，而不是為了給人欣賞。因此，實用價值比外觀的比例重要，兩者可以兼得當然最好。想要看到最華麗的房屋結構，就去想像文學作品中的奇幻宮殿就好，完全不用花錢。

在不合適的地點建造漂亮的房子，等於是把自己關入監獄。除了有害健康的住所，氣候多變的地區也不適合建房。許多漂亮的房子都建在小山丘上，而周圍有更高的山丘，陽光的熱量散不出去，周邊山谷的冷風也會颳來，因此忽冷忽熱，氣溫多變，好像住在不同的地方。

不合適的地點，不僅僅氣候不好，交通和購物都不方便。嘲弄之神摩莫斯（Momus），還會告訴你，小心惡劣的鄰居。還有許多問題要注意，我簡單列舉一下。缺水就不用說了，旁邊沒有樹林，就沒有遮蔽和蔭涼處。土地貧瘠，地形缺乏變化，景色就很差。地勢不平，附近就沒有可以從事打獵、放鷹、騎馬等活動的地方。

就地點來說，離海太近或者是太遠都不好。有些地方沒有河運，河水卻很容易氾濫。離城市太遠，辦事不便，離城市太近；就會大量消耗生活必需品，花費提高。

有能力買一大片土地當然最好，可是一切得從零開始。當然，你不可能找到一個極惡劣的地點，包含所有這些缺點，但最好多加觀察與考量，才能找到優點最多的住處。如果你有好幾處住所，可以多方規劃，讓每個住處發揮不同的功能。

龐培去參觀將領盧庫魯斯（Lucullus）的一所住宅，看到宏偉的拱廊和寬敞明亮的房間，就說：「這真是個消暑的好地方，可是你怎麼過冬呢？」盧卡拉斯回答得很好。他說：「怎麼，你覺得我沒有鳥兒聰明嗎？牠們在冬天即將到來時就會遷居。」

談完了地點，現在講房屋本身。西塞羅討論過演說家的藝術，我們也會用類似方法去談。他寫過好幾冊《論演說家》（*De Oratore*），又寫過一本《演說者》（*Orator*）。前者討論演講的方法原則，後者示範完美的演講。我會簡短描述某個王侯的豪宅，來呈現何謂完美的宅邸。

現在在歐洲，有梵蒂岡、埃斯克里亞爾（El Escorial）修道院和許多宏偉的建築，可裡面沒有一間讓人覺得舒服的房間，真是令人不解。因此首要先提出，一座完美的宮殿，必須分成兩半，每一側的功能都不同。一側當成宴會廳，如《以斯帖記》所提到的「酒席之處」，可以用來大排筵席、舉行盛典；另一側作為生活起居的空間。

這個區隔方式，不只是兩側的廂房，也包括主體建築。從外面來看風格一致，但在內部空間有所區隔。主體建築的中央，要有一座高大宏偉的主樓，連結兩邊的宴客和生活區。

在宴會廳的一側，主體建築的樓上，應該只有一間華美的大房間，約十二公尺高；下面也有一間房間，作為舉行盛典時演出者的休息室。在生活區的那一側，從主樓開始，就先分出一個大廳和一個禮拜堂（中間要有隔牆），兩者都要華美又寬敞。但不能佔掉整個空間，在另一頭還要設兩間精緻的小客廳，分別在冬、夏使用。在這些廳堂下面，要挖一個華美、寬敞的地窖；還要挖幾個私人的廚房、食品儲藏室和餐具室等。

至於主樓，最好有兩層，高於兩側輔樓，每層高五點四公尺。屋頂要鋪上品質良好的鉛皮，每隔一定距離，擺放裝飾的雕像。主樓內部可隔成若干房間，以因應不同需求。通往樓上房間的螺旋梯要有華麗的中柱（newel）；中柱上要有細緻的黃銅色木雕作為裝飾。在樓梯頂端，要有非常漂亮的樓梯平臺。

這個設計有個前提，就是樓下任何一間房間，不可指定為僕人的餐廳。不然的話，你用完餐後，還會品嘗到僕人的食物，因為螺旋梯就像是煙囪，樓下飯菜的味道會隨它而上。關於主體建築就談到這裡，再補充一句，第一層樓梯的高度是四點八公尺，跟一樓房間的高度一樣。

主體建築的後面，要有一個美麗的四方形庭院，其餘三邊的建築物要遠低於主體建築。在這個庭院的四角要有角樓，當中有華美的樓梯。角樓要獨立於成排的建築之外，但不能跟主體建築一樣高，才能搭配較低的建築物。

庭院裡不可用磚石鋪面，不然到了夏天會吸收熱能，在冬天又平添幾分寒意。只有庭院四邊的小路，和當中兩條十字交叉的路，可以鋪面。這兩條路把庭院分成四等份，上鋪草皮，可以放羊，讓牠們啃到適當長度。

在宴會廳那一邊的廂房，裡頭應有華麗的長廊，上頭有三到五個精緻的穹頂，且間距相同，還要有各種圖案的精美彩色玻璃窗。生活區那一邊的廂房，要有接待室和家人共用的休息室，還要有幾間臥室。

這三處建物兩面應該都有房間，兩邊都有窗戶採光。在上午和下午，你可以選擇到不同房間避開陽光。夏天的房間要蔭涼，可以用來避暑，冬天的房間要暖和才能過冬。有時我們看到滿是玻璃窗的漂亮房子，但不免懷疑，裡面的人要如何才能躲避日曬或是取暖。

在城市裡，街屋立面要整齊，所以要用平窗。但我覺得凸窗很管用，是小聲談話的好空間，還能避開風吹日曬。陽光和強風會貫穿全屋，但很少能穿透這種窗戶。但凸窗不能多，只能在廂房朝向庭院那一面，頂多四扇就好。

在這個庭院的後面，要再有個內院，面積和前面一樣大，地勢一樣高。這個庭院四周要有花園，內部要有拱形的迴廊，大小合宜又華麗，並有兩層樓那麼高。在第一層，朝向花園的那一面，可改造成避暑的洞室、蔭涼處或夏屋。這些洞室的窗戶和出口只能朝著花園，要和地面齊平，才能避免潮濕。內院的中央還應該有一座噴泉和漂亮的雕塑，小路的鋪設方法要和前院相同。院子兩邊的建築都應該當成私人的居所，底端那一排可作為私人的陳列室。二樓有一間房間規劃成病房，以防君王或貴族生病。病房也應分成臥室、前廳和休息室。

在一樓，要有漂亮、開闊的柱廊。頂樓也是，這樣才能觀賞花園美景。在遠端的兩個角落轉角的地方，要有兩個精緻華美的展示室，地面要鋪得很考究，牆上要掛華麗的掛毯，窗戶要用透明無色的玻璃，中央要有個富麗的穹頂，還有其他優雅的裝潢。在頂頭那個柱廊裡，牆上最好有幾處流泉和精緻的出水口。

以上就是我理想中的貴族豪宅。還有一點要補充，來到主體建築之前，先要經過三個庭院。第一個有草皮、四周有圍牆。第二個也一樣，只是多一些裝飾，圍牆上有小的塔樓。第三個庭院，剛好和主體建築合成一個正方形，但不要有房屋，也不要有光禿禿的圍牆，三面都是用鉛皮鋪頂的露臺，再加上美麗的裝飾。內側是柱廊，但不要有拱形結構。至於辦公之處，則應遠離宅邸，兩者以較低的拱廊相連。

培根金句

「實用價值比外觀的比例重要。想要看到最華麗的房屋結構，就去想像文學作品中的奇幻宮殿就好，完全不用花錢。」

46 論花園：因應節氣不同，要種植哪些花卉呢？

全能的上帝建造了第一個花園（《創世紀》第二章）。蒔花弄草的確是人類最單純的樂趣。在花園中，疲憊的精神能充分恢復。沒有花園，建築和宅邸就會死氣沉沉，脫離不了人造的痕跡。因此，當精緻的文明出現時，人類先建造宏偉的建築，接著才研究出種花的技術，可見園藝是更高深的技藝。

我認為，設計貴族的花園時，要有專屬每個月份的主題區，以展示當季的美麗花木。從十一月後半、十二月到一月，你必須種一些在冬季常綠的植物，如冬青、常春藤、月桂、杜松、柏樹、紫杉、松樹、冷杉、迷迭香、薰衣草、長春花（白色、紫色和藍色）、香科科屬植物、鳶尾，有溫室的話，可加上柳丁樹、檸檬樹和嘉寶果。再加上甜馬鬱蘭，但要種在向陽的地方。

接下來，為了在一月後半和二月賞花，要種在那時開花的矮種月桂樹、春番紅花（包括黃色和灰色）、報春花、銀蓮花、鬱金香、東方風信子、矮種鳶尾還有貝母。要在三月份賞花，得種香堇菜（單瓣藍色的最早開花）、黃水仙、雛菊、杏花、桃花、西洋山茱萸還有多花薔薇。

到了四月份，開花的白花香堇菜、桂竹香、紫羅蘭、黃花九輪草、鳶尾、多種百合、迷迭香、鬱金香、牡丹、淺色水仙、法國金銀花、櫻花、李花、烏莿子李、白花山楂還有丁香。

在五月和六月，各種顏色的康乃馨開花，尤其是粉色的。還有各種玫瑰，但麝香玫瑰要晚些才開花。此外還有，金銀花、草莓、琉璃苣、耬鬥菜、法國萬壽菊、非洲萬壽菊、櫻桃樹、無花果樹、覆盆子、葡萄花、薰衣草花、紅門蘭、葡萄風信子、鈴蘭和蘋果樹。

七月份有各種康乃馨、麝香玫瑰、椴樹、早熟的梨、李和蘋果。八月份有各種李樹、梨樹、杏樹，小檗、歐榛、西瓜以及各種顏色的烏頭。九月份有葡萄、蘋果、各種顏色的罌粟花、桃子、大桃、油桃、山茱萸和冬梨。在十月和十一月初，有花楸果、歐楂果、野李、因修剪或移栽而晚開的玫瑰、聖櫟樹結的櫟實。

以上不同月份的植物，是以倫敦的氣候為準，不用我多說，你可以因地制宜，讓四季如春。

花香飄在空中，忽來忽去，就像是樂曲的顫音，拿在手裡還沒這麼香。所以，要獲得這種享受，就必須了解哪些花和植物最芬芳。大馬士革玫瑰和含苞未放的玫瑰最吝嗇了，有時走過一大排玫瑰，卻一點香氣也聞不到，即便是在晨露中。

月桂在生長過程中也沒有香氣，迷迭香和甜馬鬱蘭也是。最芬芳的是香堇菜，尤其是白色重瓣的那種。它一年開兩次，一次是在四月份，一次是在八月的聖巴多羅買節前後。麝香玫瑰和草莓正在乾枯的葉子，會發出很好聞的味道，令人振奮。再來是葡萄的成簇小花，開花時有粉塵般的花粉，就像剪股穎一樣。

多花薔薇和桂竹香都有點香氣，種在客廳或臥室較低矮的窗下，令人愉悅。再來是番石竹和康乃馨，尤其是成叢的麝香石竹。椴樹的花和金銀花氣味很濃，要種得遠一點。至於蝶豆花我就不談了，因為它是野花。

有三種植物，無法自然散放出極為悅人的香氣，要踏過且壓碎才行，即小地榆、野百里香和水生薄荷。因此，在園中小徑上種滿這些植物，散步或踩踏時就能享受這種快樂。

至於花園，面積大約三十英畝。園地應分成三個部分：入口為一片翠綠草地，出口是是一片野地或荒地，中間是花園的主體；此外兩邊還要有路徑。四英畝園地作為草地，六英畝作為野地，兩旁空地各佔四英畝，十二英畝作為主園。草地可以給人兩種樂趣，首先，精心修剪過的綠草賞心悅目。其二，草地中間可以作為路徑，可走到環繞花園的樹籬。這路徑比較長，天氣炎熱時，在烈日下穿過草地，才能享受園中的蔭涼。最好在草地的兩邊，請木工搭起約三點六公尺高的棚架，上爬藤蔓，形成一條蔭蔽的廊道，這樣就可以到達蔭涼的花園。

在屋子面朝花園的窗下，有些人會用各種顏色的泥土，拼成複雜的圖案。這種做法很幼稚，烤水果餡餅還有趣得多。花園最好是正方形的，四面圍繞著茂密、帶拱門的樹籬。拱門應搭在木製的柱子上，約三公尺高、一點八公尺寬。拱門之間的距離，應和拱門的寬度一樣。在拱門之上，也應有約一點二公尺高的完整樹籬，有木製的框架。每座拱門的上層樹籬上，要有一座小角樓，中部要留個鼓起的空間，可以用來養鳥。在拱門之間的樹籬上方，要有圖案雕刻，上貼大片的圓形鍍金彩色玻璃，以射入光線。

這樹籬，我種在一道約一點八公尺高的堤埂之上，不要太陡峻，要有個平緩的斜坡，上面種滿花。這個正方的花園不應和園地同寬，兩邊應留下足夠的土地，供鋪設小道，和草地上那兩條綠蔭覆蓋的廊道相連。在這片樹籬圍繞的大花園兩端，通路上不要有樹籬，特別是在近端，因為你從草地上過來時，會被它阻礙視線，看不到花園的美麗樹籬。遠端也不能有，因為你從拱門望出去的時候，也會被它阻礙視線，看不清後面的野地。

大樹籬之內的園地，有很多種規劃方式。我建議，不管採用何種設計，重要的是不能太精細、太雕琢。我不喜歡把杜松或其他園藝植物修剪成特殊的造型，那蠻幼稚的。我挺喜歡低矮的樹籬，圓圓的像衣服的滾邊，再加上小金字塔。有些地方，我也喜歡用美麗的植物組成柱子，再添上木製的框架。

我喜歡寬闊華麗的園中路徑，狹窄小道放在主園兩側的空地。在園子的正中心，我想要一座美麗的小山，有小階梯或步道可以走上去，寬度要足以讓四人並肩而行。階梯應環山而蓋，旁邊不應有牆或突出建築物。整座小山高約十公尺高，頂部有座精巧的宴會廳，內有造型簡潔的壁爐，不要有太多的玻璃窗。

噴泉很美麗，能讓人身心愉快。但池塘卻會破壞一切，會滋生蚊蠅跟青蛙，讓花園變得骯髒。水池有兩種，噴水或美麗的儲水方池，面積約為九或十二平方公尺，但裡面不能有魚、爛泥和黏滑的汙穢物。

現代人常用鍍金或大理石雕像來裝飾噴水池，關鍵是水要流動，不管是在水池或儲水箱裡。這樣水才不會變質，變為綠色、紅色或其他顏色，滋生苔蘚和其他腐臭物。此外，必須派人每天清潔噴泉。在噴泉下有幾級臺階，四周有精心鋪砌的地板，也很美觀。

至於另一種水池，可稱之為沐浴池，許多奇巧美麗的裝飾都可加上去。在池底和側邊，可精心鋪砌出各種圖案，或是用彩色玻璃和其他閃光的東西來裝飾，圍欄可以有低矮精巧的雕塑。這些細節我不多談。關鍵在於，水要不停流動，水源要比池面高，水從暢通的管道口流向水池，然後又從地下流走，排水管要夠粗才會順暢。

噴水池有些精巧的裝置，有的能噴出一道弧線，有的能湧現不同的形狀（羽毛、水杯、雨傘），看上去挺美，然而於無益於健康，也不能陶冶心靈。

園地的第三部分是野地，盡量讓它接近自然的荒地。野地裡不能有樹，只能有一些多花薔薇、金銀花和野葡萄組成的灌木叢。地上種香堇菜、草莓和報春花，這些都有香氣，而且在蔭蔽處長得很好，讓它們東一簇、西一簇隨意分布野地上。

我還喜歡鼴鼠丘那樣的小土堆，上面有野百里香、番石竹、香科科屬植物、小蔓長春花、香菫菜、草莓、黃花九輪草、雛菊、紅玫瑰、鈴蘭、紅色的鬚苞石竹和臭嚏根草，諸如此類低矮但是芳香美麗的花朵。

小土堆的頂上，可以種上直立的小灌木，或是玫瑰、杜松、冬青、小檗（花香有點刺鼻，不要重太多）、紅醋栗、醋栗、迷迭香、月桂和多花薔薇等。但直立灌木應經常修剪，以免長得太大。

主園兩側的空地，可以多設置幽靜的小道，最好有大片的遮蔽物，才能隔開各方方向照來的陽光。同樣地，有些小道要能防風。那怕外頭狂風呼嘯，它還是像室內的走廊一樣安穩。小道的兩端都種上樹籬以擋風，比較偏避的小路，必須鋪上細細的小石子，不要讓它長草，以防弄濕鞋子。

小道兩旁種上各種果樹，沿圍牆或自成行列都好。還有一點要注意，就是種果樹的狹長地帶，視野要寬闊，地勢要低，不能太高峻，可種些美麗的花草，但只能點綴一下，不要太茂密，以防它們奪走果樹的養分。在兩側空地的盡頭處，應有一座不高的小山，登上高點時，圍牆的高度剛好齊胸，可以眺望四周的田野。

最後談到主園，兩側可以有美麗的小道，種一些果樹、蓋幾個涼亭，我都不反對，但不要太密集。主園不讓人覺得擁擠，要空間開闊、空氣流通。想要納涼的話，就到兩側空地上的小徑，天氣炎熱的時候可以去散步。適合觀賞主園的季節，是一年較溫和的季節，或是炎熱夏季的清晨、傍晚或陰天時。

我不喜歡在花園裡有鳥舍，除非它夠大，在地面能鋪草皮、種灌木，這樣鳥兒才有較大的活動空間，能自然築巢，地上也不會出現排泄物。

透過以上種種說明，我勾勒出皇家花園的輪廓，我擬定一些規則，也畫了一些草圖，沒有設計模型。我沒有列出成本，這點花費對王公大人算不了什麼。他們大多只聽取工匠的意見，東拼西湊，老是亂花錢。為了誇耀財富，他們在花園放了許多雕塑，但那無助於庭園之樂。

培根金句

「蒔花弄草的確是人類最單純的樂趣。在花園中，疲憊的精神能充分恢復。沒有花園，建築和宅邸就會死氣沉沉。」

47 論協商：談判時有哪些注意事項？

一般來說，協商時面對面談，比透過書信要好。透過協力廠商斡旋，比親自出面要好。不過，若想要保留對方和自己的書信作為討論的證明，或是口頭協商過程沒有溝通清楚，那用書信協商也好。

親自出席才會引起對方的敬重，尤其是在上對下的場合。有些議題很敏感，須察言觀色，才知道說話分寸。如果你想多保留一點，或解釋得詳細一點，那麼面談也好。

挑選出席代表時，最好找一些誠實可靠的人，他們會按你的囑咐去做，然後如實回報。不要用那些奸狡之徒，他們總是設法在工作中撈油水，回報時又加油添醋，以取悅委託人。自願接受委託的人，也可以任用，可以大大提高辦事的效率。依個性分配不同的任務：大膽的人去抗議，談吐文雅的人去說服，精明的人去觀察敵情，喜歡抬槓和不講道理的人去鬧場。你以前委託過的可靠夥伴，也可以任用。他們經驗老道、有自信，會努力維持自己的名聲。

寒暄時，最好多方試探、旁敲側擊，不要一開始就單刀直入，除非你要出其不意發問，讓對方措手不及。跟私心很重的人打交道比較容易，什麼都不缺的人就很難討好。協商時會提出交換條件，最關鍵的問題是，誰先採取行動或履行條件。除非工作性質特殊，否則沒有正當理由去要求對方先採取行動。或說服對方，將來還會再請他幫忙，並讓對方相信自己誠實可靠。

計謀要成功，關鍵在於抓到對方的心，這樣才能控制他。人在情緒激動、猝不及防、有迫切需要或有目標時，都會顯露出自己的真情。他們找不到合適的藉口，只想要有信任的人可以幫忙。所以，只要了解他的性情和習慣，就能誘導對方接受你的建議。了解他的目的，才能說服他。掌握對方的弱點，就能嚇唬他。探聽對方的人際關係，就能影響他。

和狡詐的人打交道時，也必須考慮他們的目的，才能了解他們話中的含意。沒必要的話不必多說，但可以多說些不中聽的話。談判如果很棘手，就不要期待努力會有豐碩的成果。要有耐心，做好準備，等待時機逐步成熟。

培根金句

「依個性分配不同的任務：大膽的人去抗議，談吐文雅的人去說服，精明的人去觀察敵情，喜歡抬槓和不講道理的人去鬧場。」

48 論隨從與朋友：為什麼上級與下級要保持距離？

不要跟身價高的隨從太親近，以免他尾大不掉。這種人不光是薪水要得多，還很難使喚，有要求時會一直纏著你，惹人厭煩。一般來說，隨從沒有權利要求更多恩惠，主人願意庇護他、不受外人欺負就好；或是能引薦他去其他地方工作。

從屬於某個派系的隨從更不能親近，他們不是出於愛戴而追隨你，而是不滿你的對手。大人物之間的誤會，一般都是被隨從挑撥而起。

喜歡誇耀的隨從，會造成許多麻煩。他們好像擴音筒一樣，到處宣揚主人的美名。他們不能守密，所以常常壞事。他們把主人的榮譽當作自己的，卻讓主人成為眾人嫉妒討厭的對象。

還有一種隨從也十分危險。他們好像密探一樣，常常打聽主人家的私事，再透漏給外人知道。不過，這種人經常很受主人寵愛，因為他們很殷勤，還會跟主人回報聽來的八卦。

為了某些特定的工作，大人物有些身分特殊的隨從。比方說，他們會找退伍軍人來當保鑣，這種做法很合理。在君主制的國家，只要保持低調，不要大張旗鼓召募人馬，就不會被猜忌。各樣的人前來貢獻長才、忠心追隨，的確是主人的榮耀。

如果找不到才德特別高的人，那與其選能幹的人，不如選人緣好的屬下。畢竟社會一團亂，活動能力強比有美德更有用。

在工作場合一視同仁比較好。給某些人特權，會讓他們氣焰囂張，其他人會心懷不滿，並要求同等的待遇。相對地，頒發獎賞時，也要有所區別、挑選。獲得提拔的人會更感恩，其餘的人會更殷勤，因為一切都有賴於主人的恩惠。一開始，對任何人都不要過分優待，這樣比較明智，畢竟不可一直有獎賞。

對特定的隨從言聽計從，這非常危險，因為外人都看出你很寵愛他，就會肆意傳播流言和醜聞。有些人不敢直接批評或指摘大人物，但談論他的愛將，就沒有忌憚了，還可藉此破壞大人物的名聲。

不過，也不要因此改聽從多方意見，結果會更糟糕。這些意見彼此矛盾，你會因此變得很猶豫，拿不定主意，最後隨便做決定。最好聽取少數幾個朋友的意見就好，因為「當局者迷，旁觀者清……身處峽谷之中，才更能看出山陵的高峻」。這世上真正的友誼本來就很少，平起平坐的友誼更為罕見，那只存在於以前的故事中而已。現實中的朋友，大多是榮辱與共的上級和下屬。

培根金句

「有一種隨從也十分危險。他們好像密探一樣，常常打聽主人家的私事，再透漏給外人知道。」

49 論請託：為什麼接受關說容易傷到自己？

許多邪惡的勾當和陰謀，都是有權有勢的人在支持。大人物接受關說，其他民眾的權益就會受損。他們當然也做了許多好事，但接受關說就是貪腐。有時他們很狡猾，口頭答應，卻並無行動的打算。可是，如果走旁門左道能獲得成功，他們倒樂於接受請託者的感謝，多少得到一些酬報，或贏得他們的擁戴。

有的官員接受關說，只是為了阻撓別的事，或者是藉此得到某種情報，這樣便有合理的藉口去打聽。目的達到後，他們就不管所托之事的成敗了。他們甚至會把別人托辦的事當作幌子，最終是為了達到自己的目的。有的人接受請託，卻故意把事情搞砸，這樣才能取悅請託者的對手或競爭者。

顯然，只要一接受關說去處理事情，就會有道德問題。如果是法律問題，就會影響司法的公正性。如果是幫人找工作，就得刻意安插職位。如果法官為了私利接受請託，偏袒理虧的一方，他頂多讓雙方達成和解，絕不可讓好人被欺負。就算他接受關說去提拔庸才，也不要毀謗更值得提拔的賢才。

接受請託的事，若你不是很懂，那最好去請教可信賴和有見識的朋友，以確認捲入這樣的事情是否傷害名譽。要審慎選擇顧問，否則會被人牽著鼻子走。

請託者最討厭拖延和被欺騙。所以，你可以從一開始就拒絕請託，或在過程中坦白回報成功的機率，事成之後，要求應得的酬報，不可貪心。這些原則不僅誠實，也算體恤他人。

不管是你提供職缺、或是有人來請託，都不是問題。關鍵在於，你得到了獨家消息後，要考慮到對方對你的信任，不可把這個消息據為己有，還叫對方去自尋門路。你應該多少有所回報。

有人前來關說，你應該判定那件事的重要性，不然就非常愚蠢。你也應該判斷那件事的對錯，否則沒有良心。接受請託後要守密，是成功的重要條件。過程中不斷吹噓事情進展順利，其他的請託者便會灰心，並吸引多請託者上門關說。

找人請託要成功，時機很重要。對方心情好，就會馬上答應；時機錯了，就會有礙事者上門。在選擇請託者時，要找最合適的，而不是地位高就好；最好是處理具體事務的一般官員，而不是掌管全局的大人物。

初次請託時被拒絕，不要沮喪，也不要心懷不滿。只要再次提出請求，有時會得到更多東西，遠超過原本設想的。你所請託的對象若對你有好感，那麼「所求的要超過你實際想得的」就很有機會實現。否則，你還是逐漸加碼就好。對方一開始可能會拒絕，否則他對其他請託者就很難交代。他給過你恩惠的話，就會更不想加碼，否則其他請託者會更反彈。

請大人物撰寫推薦書，一般來說不難，但還是要提出正當理由，否則也會傷到推薦人的名譽。最糟糕的中間人就是那些專業的掮客，他們就像公家機關的毒藥和傳染病一樣。

培根金句

「初次請託時被拒絕，不要沮喪，也不要心懷不滿。只要再次提出請求，有時會得到更多東西，遠超過原本設想的。」

50 論學問：如何把知識應用到人生中？

做學問有三種目的：興趣、改變談吐以及增強能力。獨處之時，讀書是為了樂趣。在社交場合，知性的談話更有魅力。透過學習所培養的能力，主要用判斷和處理事務。經驗豐富的人比較會做事，能夠判斷各種實際的情況。不過，要擬定計畫、規劃整體策略，就要交給飽學之士。

但是，完全沉溺於學問中，就會與社會脫節。談吐時刻意展現學養，乃是做作。完全按照書本裡的原理判斷事務，就是書呆子。學問可補天賦的不足，經驗又可補學問的不足。天賦就像天然的植物，要用學問來修剪。書本給的指示過於籠統，只有經驗才能形成具體的規則。

狡詐者鄙視學問，愚魯者羨慕讀書人，只有明智的人才會應用知識。書本不教我們如何應用學問，那是一種入世的智慧，只有透過觀察才能得到。讀書不是為了更會辯論、也不是要盲目服從權威、更不是為了找話題，而是為了培養判斷的能力，審慎地辨別事情的輕重對錯。有些書淺嘗輒止就好，有的可以囫圇吞棗，只有少數的著作需要慢慢品味。也就是說，有些書讀一些章節就可以了，有的書大略翻過、不必細讀。只有少數一些書，不僅要完整地看過，而且要孜孜不倦、全神貫注地找重點。你當然可以找人幫你看書、整理重點，但這只限於次要的學科和平庸的著作。否則，挑出重點的書，就像經過蒸餾的水，平淡而無味。

讀書能充實內涵，聊天可以訓練反應，做筆記頭腦才會清楚。不做筆記的話，記憶力就要特別強。很少跟人交談，就要常訓練自己的反應。很少讀書者，必須很狡猾，才能「強不知以為知」。

讀歷史能增長智慧，讀詩讓人變風趣。學數學，思考才會縝密。研究自然科學，會令人深思生命。學倫理學才懂得人情義理。想要能言善辯，就要學邏輯學和修辭學。

由此可知，學問可以改變氣質。不管是哪一種心智缺陷，都可以靠學問來補救，就像身體生病，都有相應的運動來治療。槌球有助於治療膀胱結石和腎臟病、射箭有益於胸肺、散步有益於胃、騎馬有益於頭腦等。

很難專心的人，想要提高注意力，就多練習數學，因為做證明的時候，只要稍有分心，就得從頭重做。有的人不大會辨別異同，那就去研讀經院哲學家的著作，因為這些作者心思都很細膩。有些人不善於比喻，透過故事來論證、說明實際情況，那就讓他研究律師的案卷。總之，心智上的每一種缺陷，都有特殊的療治方法。

培根金句

「讀書能充實內涵，聊天可以訓練反應，做筆記頭腦才會清楚。」

51 論派系：小團體對大組織有什麼影響？

許多人都有不智的看法，認為君王在治國時，身居高位者在治事時，首先要考慮不同派系的要求。並非如此，上位者最重要的能力，首先在掌握大局，不同派系的人必須接受安排，並根據個別人的情況，一一處理他們的需求。

但我並不是說，可以忽略派系的要求。地位低的人要往上爬，總得依靠小團體。身居高位者已經很有權力，最好要中立不倚。剛進入公部門時，不要只依附在小團體中，也要試著讓其他人接受自己，人際關係不會受限，仕途才會順暢。地位低、力量弱的派系，就會更團結。在工作場合常發現，難以對付的小團體，會拖垮態度溫和的多數人。

一個派系被消滅後，剩下的那個派系會分裂。盧卡拉斯和元老院的貴族結成「貴族黨」，和龐培與凱撒這一派對抗了一段時間。元老院的氣焰受挫後，凱撒和龐培就分道揚鑣了。同樣地，安東尼和屋大維這一派，與布魯圖斯和凱西烏斯（Cassius）這一派也僵持不下。但後者被瓦解後，安東尼和屋大維不久就分裂了。

這些是公然發生的派系衝突，但有些暗中較勁的派系鬥爭也是如此。因此，派系分裂之後，原來居於次要地位的人，就有機會成為首要人物。不過，他們也可能變得無足輕重，而被眾人拋棄。因為有些人只擅長於鬥爭，一沒有對手，戰鬥力就會衰退了。

不難發現，在某派系中獲得一定地位後，有人會去勾搭敵對的派系。他們大概認為，在某派系已經吃乾抹淨，現在該去撈新的油水了。叛徒其實很吃香。兩派勢均力敵、僵持已久時，多爭取一人支持，就能決定勝負。叛徒在這時會成為兩派都想討好的人。

有的人在派系間維持持中立態度，並不是因為相信中庸之道，而是他只在乎自己的利益，所以兩邊的好處他都想拿到。在義大利，教皇老是把「百姓都是我的子女」掛在嘴上，人們不免起疑，這難道不是說，教皇處理一切事務，都是以自己的家族利益為出發點。

君王務必小心，不能偏向某一派系，或加入某黨派。朋黨會威脅到君王的權力，因為黨員對黨有許多義務，所以會把君王的要求放在一邊，不當他一回事。正如法國的天主教聯盟就比國王權勢更大。

派系衝突太激烈，就代表君主權力變弱，那朝政也一定會大亂。因此，派系活動應該以君王為核心。如天文學家所說，各個行星可以自轉、彼此呼應，但應該默默地隨著最高的「首動者」公轉。

培根金句

「不要只依附在小團體中，也要試著讓其他人接受自己，人際關係才不會受限。」

52

論禮節：如何在人際關係中保持適當的姿態？

誠實可靠的人得有過人的長處。有些寶石非常珍貴，不需要加工打磨，就可以鑲嵌在戒指上。多加留心就會注意到，獲得讚美和賺錢的道理是一樣的。俗話說：「累積小錢就可以變富人」。我們很難一下致富，但總是能賺到小錢。所以，時常展現小優點，就可以累積名聲。日常中多些優秀的小表現，就能受到關注。畢竟我們很難有機會展現超人一等的能力。

做人只要彬彬有禮，就有助於獲得美名，正如西班牙女王伊莎貝拉一世所說：「端莊的言行就像推薦信一樣。」禮儀不用太講究，基本的有做到就好。多觀察別人的優雅舉止，並試著模仿他。太努力要表現出有禮貌的樣子，刻意而做作，反而有失風度。有些人的行為經過精算，就像寫詩時，每字每句都要注意押韻和對仗。把注意力放在小細節，又怎麼能處理大事呢？

完全不講禮節，等於提醒對方，不用對你太有禮貌，對你的尊重也會減低。初次見面或遇到有教養的人，絕不可輕忽禮節。但過分講究，把禮貌當成人生第一要務，不但惹人厭，談話時也會減低對方的信任感。關於恭維話，有些特別有效，能給人加深印象。說這種話其實有訣竅，學會了就很吃香。

遇到地位相同的人，彼此態度都會很隨便，所以自己最好保持低調。遇到下屬時，對方會敬重我們，所以我們應該表現出親切的態度。否則一副高傲的樣子，不但惹人厭煩，還會降低自己的格調。

有衝突時可以遷就對方，但必須表明是出於尊重，而不是自己太軟弱。原則上，附和別人的提議時，記得加上一點自己的意見。你可以說：「我同意你的見解，但有一點想補充。」或是說：「我贊成你的臨時動議，但加一些條件會更好。」或者說：「你的建議很棒，因為優點在於……」

要當心，不要一直磨練奉承的功夫，否則，不管你多麼有能力，所有人都只會記得你是馬屁精，嫉妒你，並忽略你的其他長處。太講究禮儀、過分留意時間和場合，有時還會壞事。所羅門王說過：「看風的必不撒種，望雲的必不收割。」（《傳道書》第十一章）除了原有的條件，智者會創造更多機會。因此，舉止要有彈性，就像衣服一樣，不要太緊或太合身，才有空間讓身體活動和運動。

培根金句

「太努力要表現出有禮貌的樣子，刻意而做作，反而有失風度。」

53 論讚美：如何看待他人給自己的好評？

讚美反映了長處，但還要看鏡子的好壞，以及反映的內容。讚美你的人如果只是凡夫俗子，那麼他講的那些話既虛偽也沒價值，你自己也只是愛慕虛榮。真正的過人之處，俗人大多不懂。他們只懂得欣賞最普通的優點，所以中等的優點就會讓他們驚呼不已。但對於一些過人的長處，他們完全沒能力看出來。所以表面工夫和「假裝很優秀」對他們最有效。

名聲像是一條河，輕飄和腫脹的東西會浮上來，沉重堅實的東西都沉下去了。如果你得到大人物和智者的稱讚，則會如《傳道書》所說：「名譽強如美好的膏油。」因為香膏的香氣比花香更持久、擴散更遠，不會輕易消散。

讚美有許多不實之處，仔細想就知道不可信。有些人只是為了社交而吹捧你，他準備許多客套話，對誰都可以講。但有些人心機比較重，會講到你心坎裡，知道你都那樣高估自己。他能看到你自以為的優點，不斷吹捧。有些人厚顏無恥，針對對方的缺點以及最自卑的地方，變本加厲地吹捧，以否定他的自知之明。

有些讚美出自好意和恭敬之心，用這套辦法才不會冒犯君王和大人物，即「用稱讚來教導」。表面上稱讚對方的長處，其實是在暗示他們有學習的空間。

惡意吹捧是一種傷人手段，是為了讓對方記恨，正所謂「最壞的仇敵就是諂媚你的人」。希臘人有一句諺語：「被人惡意吹捧，鼻子上會生瘡。」就像我們平常說的：「撒謊的人，舌頭上會出水泡。」

因此，在合適的場合中，對人說出中肯、不庸俗的讚美，才是好事。所羅門王說：「清晨起來，大聲給朋友祝福的，就算是咒詛他。」（《箴言》第二十七章）溢美之詞會引起反效果，招人嫉妒或蔑視。自吹自擂是不得體的行為，除非在某些必要的情況下。我們應該保持風度，對自己的工作與職位感到自豪。

羅馬的紅衣主教本身是修士、神學家和經院哲學家，他們對世俗事務有一套輕蔑的說法。戰爭、外交、司法等重大議題，他們稱作「副院長的管轄範圍」，彷彿交給副手或基層官員去負責就好。不過，這些「次等要務」所帶來的利益，要比他們鑽研的抽象理論要多得多。聖保羅在自誇的時候，常常加一句：「我說

句愚妄話……」（《哥林多後書》第十一章）但是在提到自己的天職時，卻說：「我敬重我的職分。」（《羅馬人書》第十一章）

培根金句

「讚美你的人如果只是凡夫俗子，那麼他講的那些話既虛偽也沒價值，你自己也只是愛慕虛榮。」

54 論虛榮：為什麼人都喜歡受到鼓勵和吹棒？

伊索的這則寓言寫得真妙：「蒼蠅停在戰車的輪軸上，得意地說：『我揚起了多大的塵土啊！』」有些事自然而然就能成功，有些事要靠著外力推動才能達成。有些蠢人，只要跟工作沾一點邊，就會以為全靠他們才有這般成果。

喜歡吹噓的人也都愛爭吵，全靠貶低他人來抬高自己。要證明自己誇下的海口，就得去打擊別人。他們口風不緊，不可能做好分內工作。法國人說得好：「這些人動作很大，成果很小。」不過在政治事務上，這種個性也有一點用處。如果要捧紅某人，宣揚其德行或才能，這種人很適合去幫忙宣傳。

敘利亞國王安條克（Antiochus）與希臘的埃特里亞人（Aetolians）之所以會結盟，是因為使者吹棒兩國都很強大。李維寫道：「有時，兩面撒謊很有效。」使者和兩位君王商量，拉他們一同對抗更強大的敵人，並誇大了盟友的戰力。還有一種人，在雙方之間斡旋，同時跟對方誇大自己的影響力，以此加強講話的份量。類似的例子還很多，我們看到，無中生有、編織謊言就能帶來名聲，而名聲就能帶來實際的結果。

對於軍隊將領和士兵來說，愛好虛榮也是種正面特質。鐵可以把鐵磨利，相互炫耀，彼此的勇氣就會被激發出來。在成本和風險都高的工作中，浮誇的成員能給團隊帶來活力。腳踏實地、性格穩重的人不適合當風帆，而是用來發揮壓艙石的功用。

在學術領域，學者沒有一絲虛榮心，就不容易聲名鵲起。畢竟，「寫書貶斥虛榮，自己名字卻印在書封上」。蘇格拉底、亞里斯多德和蓋倫醫師都喜歡出風頭。無疑地，虛榮有助於學者名垂後世。

自己的長處間接得到讚美，心裡才會覺得踏實，否則基於人性，我們不免會自我懷疑。西塞羅、塞內加、小普林尼（Plinius）等羅馬作家，名聲之所以這麼持久，是因為內心多少有些虛榮心。虛榮心就像護牆板上的漆，雖然不會閃閃發亮，而但讓板子歷久如新。

我說的虛榮，跟塔西佗所描述的不一樣。他談到古羅馬政治家穆西阿努斯

（Mucianus）的特質：「他很會自誇，而且很有技巧，能把自己的一言一行講很厲害。」這種特質不是源於虛榮心，而是天生的氣質與反應。有些人很適合談自己的長處，而且說很優雅。在修養好的人身上，致歉、退讓和謙虛都只是自誇的技巧。

小普林尼用這些技巧最高明了。他總是不吝於稱讚他人，特別是他自己也有那個長處。小普林尼風趣地說：「在稱讚別人的時候，你也給自己公正的評價。你所稱讚的那項優點，也許對方不如你，也可能超越你。若是前者，他應該受到鼓勵，你也展現了風度。如果是後者，他就不缺你的鼓勵，而你也不值得稱讚。」有智慧的人看不起喜歡自誇的人，只有愚蠢的人才會對他們讚嘆不已。至於社會更底層的人，會把那些自誇的人當神看。事實上，這些浮誇之徒也被自己的大話綁住了。

培根金句

「浮誇的成員能給團隊帶來活力。腳踏實地、性格穩重的人，則適合發揮壓艙石的功用。」

55 論榮譽：如何取得正面的評價？

獲得榮譽，就是個人的優點和價值得到公平的看待。有些人假裝自己是大人物，一言一行，都只是為了追逐名譽。不過，他們通常都被當成八卦的話題，很少有人會真心仰慕他們。相反地，有些人在展現長處時總是很低調，所以往往被大眾低估。

完成沒人嘗試過的創舉，那就應該大大表揚。或許很多人嘗試過但失敗了，或者許多人成功了，卻沒有很厲害。總之，他不只是能力過人、克服困難，而且還超越了前人的成就。如果他做事不溫不火，能夠讓所有派系和團體都滿意，那麼他的名聲就會更響亮了。

有些任務一旦失敗，所受到的恥辱遠超過成功時獲得的榮譽。只有不懂得維護自己名譽的人，才會去接這種工作。在所有的榮耀中，贏過對手最能引起眾人注意，像是切割成多面體的鑽石，能反射出多道光芒。因此，要想辦法比自己的對手更有名氣，最好是能用他的弓，射得比他還遠。

身旁有做事謹慎的隨從和僕役，對你的名聲也大有裨益，所以西塞羅才說：「所有名聲都來自僕役。」嫉妒會腐蝕榮譽。要消除嫉妒，最好是向眾人表明，自己所追求的是事功而非名譽，並把自己的成就歸功於上帝和運氣，而非自己的精明和才能。

光榮的君王可分為以下數等。第一等是「開國之君」，是王國或共和國的開創者，比如羅馬人的祖先羅繆魯斯、波斯的居魯士大帝、凱撒、土耳其的奧圖曼一世和波斯的伊斯邁爾一世。第二等的是「立法之君」，或成為「開國第二人」、「萬世之君」，因為他們所制定的法令，在他們死後仍統治著國家，比如斯巴達的改革者萊克格斯（Lycurgus）、雅典的立法者梭倫、羅馬皇帝查士丁尼、英格蘭國王埃德加一世和制定《七章法典》的卡斯提亞國王阿方索十世。

第三等是「解難之君」、「救國之君」，他們終結長期內戰，解除人民苦難，或是帶領人民反抗異族或暴君的奴役，比如屋大維、維斯帕先、羅馬皇帝奧勒良（Aurelianus）、東哥德王國的狄奧多里克（Theodoricus）、英王亨利七世和法王亨利四世。

第四等的是「開疆拓土之君」或「衛國之君」，他們光榮出征、拓展國家領土，或者英勇地抵禦入侵者。最後一等的是「國父」，他們執法公正，在位時人民安居樂業。最後這兩種君主人數眾多，不需要舉例。

光榮的官員也分以下幾等。第一等是「分憂之臣」，可說是君王的「左右手」，為領導人分擔了大部分的國事。第二等是「領軍之將」，在軍事上輔佐君王，為國家立下汗馬功勞。第三等的是「心腹之臣」，在不逾矩的前提下安慰君王，又不妨礙公務。第四等是「稱職之臣」，他們身居高位，幹練地處理政務。

還有一種賢臣，可列為最高等，但是很罕見，那就是為了國家而犧牲自己，甘願赴死或深入險地，如古羅馬將軍雷古盧斯（Regulus）和執政官德西烏斯（Decius）父子。

培根金句

「在所有的榮耀中，贏過對手最能引起眾人注意，像是切割成多面體的鑽石，能反射出多道光芒。」

56 論司法：法官的職責與義務有哪些？

法官們應當記住，他們的職責是解釋法律，而不是制定法律或提出法律。不然的話，他們就會擁有權威，像羅馬教會那樣自以為是。後者以解釋《聖經》為藉口，恣意添加、篡改內容，把捏造的內容當作法條，以復古為藉口，實行新法。法官應該博學強記，但心思不要太複雜，個性要沉著莊重，不要嘩眾取寵。做事時深思熟慮，不剛愎自用。最重要的是，正直是他們的天命和本分。《申命紀》上說：「挪移鄰舍地界的，必受咒詛。」界石擺錯地方，該受責備。但誤判官司，亂分配田地和房產，這種不公正的法官挪移的界石可多了。

比庶民的犯罪行為，法官一個誤判會造成更多傷害。因為犯罪只是弄髒溪水，而誤判則是弄髒了水源。因此所羅門王說：「義人在惡人面前退縮，好像趟渾之泉，弄濁之井。」（《箴言》第二十五章）

法官的職責很大，牽涉到兩造當事人、辯護律師、書記官和執行官，甚至也會影響到君王與整個國家。首先，關於兩造當事人，《聖經》上說：「你們這使公平變為茵陳。」（《阿摩司書》第五章）在不公正的審判下，當事人苦不堪言。程序拖太久也不公平，當事人心酸，內心七上八下。

法官的主要職責，是懲處暴力和欺詐等犯罪行為。公開施暴的人最為惡劣；假裝正常人或善良人的詐騙分子最陰險。有爭議的官司塞滿法院，應該早日出清。

法官應該去除各種障礙，以判決公正為要務。就像上帝為了修平祂的道路，要「填滿山窪、削平山崗」（《以賽亞書》第四十章）。因此，不管當事人多麼專橫跋扈、背後的靠山多大，或是律師有多大牌，只要有栽贓陷害、奸謀取利、合謀串供等惡行，法官都要主持正義，方能顯出法律的效用。所以，審判要根植在公平之地。

《箴言》上說：「擤鼻子太用力，必出血。」葡萄壓榨機操作過當，釀出的葡萄酒味道會變澀，充滿葡萄籽的味道。法官必須當心，不能過度詮釋法律，或做出牽強附會的推斷，否則就是曲解法律，還會危害萬世。

處理刑法案件時，法官尤其要當心，有些條文用意在於警告人民，不可拿來做為嚴刑或監控的依據。也就是說，不能把《詩篇》裡所說的「密布網羅」撒到民眾的頭上。過度執行法律，連無辜者都會被抓走。因此，針對很久沒有引用、已經過時的條款，明智的法官最好不要使用，畢竟「法官的職責是考量行為者的狀況與當時的情勢」。跟死囚有關的案件，法官在依法宣判時，最好選擇較輕的量刑：用嚴厲的眼光看待罪行，但要以憐憫的眼光看待罪人。

其二，面對辯護律師和法律顧問時，法官要有耐心，以嚴肅的態度聽取對方陳述。這是司法的必要程序。說話太多的法官，就像刺耳的鈸一樣。出庭律師會陳述事實，但有些法官會事先去收集證據，只為了表現自己敏捷的理解力。有些法官會打斷律師或證人的陳述，或是不斷發問引導案情發展。這些都不是法官應該做的事。

在審理過程中，法官有四項職責。首先是從各方口中引出證據，然後是管控冗長、重複或不相關的陳述。第三，總結、挑選和核對眾人陳述的要點，最後做出判決。超出上述職責的話，都是越軌行為。這是因為有些法官過於自負、太喜歡說話，或者記性差、沒有耐心聽取陳述或者是缺乏持久穩定的注意力。

有些律師講話放肆、咄咄逼人，還可以逼法官讓步。這當然不對。法官應當是至高無上，他們坐在上帝的位子，應該「阻擋驕傲的人，賜恩給謙卑的人」（《雅各書》第四章）。但更奇怪的是，法官居然自己偏愛的律師，還人盡皆知。這些律師的費用還因此大漲，令人懷疑他們走了什麼邪門歪道。

案件處理得當、辯護又得體，法官應該給律師一點稱讚和表揚，尤其是對於敗訴那一方的律師。這樣能維護律師的聲譽，委託人才不會覺得找錯人；還能打破委託人的幻覺，否則他以為自己的案子贏定了。

有些律師只會詭辯、玩弄文字遊戲，但資料準備不足，對案情沒有完全掌握。這種不檢點的律師只會在法庭上胡搞瞎搞，放肆地亂講話。法官應該當庭、慎重地訓誡他。此外，律師絕不能在律師席上和法官鬥嘴，宣判之後，更不可以用迂回的手段讓法庭重新審理案件。另一方面，法官也不可以採取折衷辦法解決案件，也不可以落人口實，說他沒有認真聽取證人的證詞或律師的辯護。

其三，關於書記官和執行官。法院是個神聖的地方，不僅法官的座席受到保護，就連前方平臺和甚至整個法庭，都要保持聖潔，不能沾染罪惡和腐敗的氣息。的確，如《馬太福音》所說：「荊棘上豈能摘葡萄呢？」書記官和執行官如果懷有私心侵佔民產，司法就不可能結出甜美的果實。

法院的運作，會受到四種惡勢力所影響。第一種人專門煽動別人打官司。案件因此塞滿法院，並拖垮政府的效能。第二種人讓法院陷入管轄權之爭。他們不是「法院真正的朋友」，而是「法院的寄生蟲」。為了自身的蠅頭小利，他們讓法院膨脹到無所不管，超越了合理範圍。第三種人可稱為司法蟑螂。他們詭計多端，讓法院替他們做壞事，把司法引入邪路和迷宮。第四種人強徵超額的法律顧問費。所以民眾才常說，法院就像有刺的灌木叢，羊逃到裡面躲避風雨，免不了會失去一些羊毛。

另一方面，經驗豐富的書記官，精通案例、辦事謹慎又熟悉法庭事務，可說是法庭上的絕佳嚮導，能給法官指出一條明路。

最後，法庭判斷會影響整個國家。法官應當牢記《羅馬十二銅表法》教誨：「人民的幸福是法律最終的依據。」法律如果不以此為目的，所有人都會被引入歧途，就像是沒有得到神靈啟示的神諭。

因此，國王與官員應該常找法官協商，法官前去宮廷也行，都是好事。司法牽涉到國家大事，君王就得出馬。國家大事牽涉到法律問題，法官就得去理解。這些爭議不光是民事或財產問題那麼簡單，當中所引用法律、做出的結論會影響整個國家。我所說的國家大事，不單是君王的權力，而是政策上的重大變革。它們可能會成為先例，不斷造成危害，影響到人民的安居樂業。

不要愚蠢地以為，公正的法律和明智的政策毫不相關，因為它們就像是身體的能量和肌肉，要搭配在一起才能發揮作用。法官們還應該記得，在所羅門王寶座的兩邊，有獅子在守衛（《列王紀》第十章）。法官們要當獅子，但必須貼著君王的寶座，要小心謹慎，不要刻意反抗君權。

法官絕不可茫然無知，不知道自己的職務與本分，應該憑著理性與智慧去運用法律。他們要記得，在國家法律之上，還有更偉大的律法，使徒曾說：「我們知道律法原是好的，只要人用得合宜。」（《提摩太前書》第一章）

培根金句

「法官應該去除各種障礙，以判決公正為要務。就像上帝為了修平祂的道路，要『填滿山窪、削平山崗』。」

57 論怒氣：如何管理自己的壞脾氣？

怒氣是不可能完全消失的，那不過是斯多葛一派的幻想。上帝說得好：「生氣卻不要犯罪，不可含怒到日落。」（《以弗所書》第四章）只要限定行動和時間，還是可以適度發脾氣。

首先我們要談談，脾氣比較差的人如何緩和怒氣。其次，再說明怎麼抑制衝動下的行為，因為不忍住的話，一定會造成惡果。最後再談到如何平息別人的怒氣或引人發火。

想改正自己的壞脾氣，別無他法，就是反覆思考衝動的後果，以及給生活帶來的麻煩。最好的反省時間，就是在怒氣全消之後，回顧一下當時的情形。塞內加說得好：「怒氣就像傾倒的房屋，粉碎在自身的磚石之上。」《路加福音》也勸誡我們：「你們常存忍耐，就必保全靈魂。」不論是誰，如果失去了耐心，就會丟失靈魂。人絕不能變成蜜蜂，「把它們的生命，留在所螫的傷口之上」。

易怒確實是一種不好的個性。市井小民很容易被自己的怒氣所控制，如孩童、女人、老人和病人。不過，只要伴隨怒氣而來的是輕蔑，不是恐懼，這樣就能克服傷痛，而不是活在它的陰影下。我們應該時時記得這個道理，就能改善自己的壞脾氣。

關於第二點。發怒的緣由主要有三個。

第一，有人對傷害比較敏感；不感覺自己受傷害的人，就不會發怒。因此，脆弱嬌嫩的人必然經常發怒，還會煩惱一大堆事情，而粗壯強健的人就毫無感覺。

其次，在受傷害的當下，過度解讀或誤判對方的動機，認為對方是在侮辱自己。被人瞧不起的痛苦不亞傷害本身，甚至有過之而無不及，怒氣因此更為熾盛。因此，對於被瞧不起太敏感，就會常常動怒。

第三個生氣的原因，就是發現自己的名譽受損，怒氣也會一發不可收拾。西班牙名將科爾多瓦（Córdoba）提供了一個補救法：「讓自己的榮譽之網更結實。」但克服怒氣最好的方法，還是為自己爭取冷靜的時間。你要告訴自己，報仇的時機還未到來，但就在不遠的將來。現在你必須平靜下來，克制任何衝動的行為。

怒氣爆發的時候，怎樣控制住自己，才不會闖下大禍，有兩件事必須特別注意。

第一，千萬不要惡語傷人，尤其是人身攻擊，但可以咒罵全世界。還有，發怒的時候不要洩露對方的隱私，否則就沒人敢跟他來往了。第二件，不要在一氣之下而對方斷絕往來。不管要用哪種方式表達怒氣，都不要做出無法挽回的事。

要成功平息對方的怒氣或使他發火，關鍵在於時機。要惹對方生氣，就要選他們內心矛盾、心情最不好的時候。還有，盡你所能找出對方的弱點，加強他受侮辱的感覺。

讓人息怒的辦法正好相反。初次談到對方會敏感的話題，要挑找他心情好的時候，畢竟第一印象很重要。再來，當他受到傷害時，不要解讀成他受到侮辱，而要歸因於誤解、恐懼、一時衝動或隨便什麼都行。

培根金句

「在受傷害的當下，過度解讀或誤判對方的動機，認為對方是在侮辱自己，那種痛苦不亞傷害本身。」

58

論世事的變遷：自然、宗教和戰爭方式發生哪些變化？

所羅門王說：「日光之下，並無新事。」（《傳道書》第一章）柏拉圖也大膽認為：「一切的知識都只是回憶。」（《斐多篇》）所羅門王還判斷說：「所有新鮮事都只是被遺忘的東西罷了。」由此得知，「遺忘之河」除了位於陰間，人間也有。

有位明智的占星家說過：「有兩個東西永恆不變，其一是恆星間永遠保持同樣的距離，既不靠近、也不遠離。其二是天體繞地球一周的時間，永遠相同。除此之外，沒有一個個體能停留片刻。」由此可知，物質不斷在變動，永不停歇。

有兩張巨大的裹屍布，把一切都裹入遺忘之中：洪水和地震。大火和大旱無法導致大量人口喪生，也無法完全破壞環境。在希臘神話中，法厄同駕駛太陽車只有一天，就被太陽神擊落。在先知以利亞的時代，三年大旱也只限於一地，還有許多人活下來。閃電引起的大火，在西印度群島經常發生，但範圍有限。

洪水和地震這些毀滅性災難發生時，逃過一劫的人，都是未開化的原住民，所以不可能留下任何相關文字資料，一切都被遺忘，隨著先民消失。仔細想想，西印度群島的人民，起源可能比歐洲人更晚，所以是新興的民族。搞不好那裡發生過大災難，大洪水淹沒一切。他們有滔滔的大河，亞洲、非洲和歐洲的河流與之相比，就像是小溪。安地斯山脈也比歐洲群山要高得多，因此他們才能在大洪水中倖存下來，為人類保留命脈。

馬基維利認為，在宗教派系鬥爭下，許多歷史紀念物都被破壞，而教皇額我略一世就是最大禍首，他毀滅了所有異教的古物。我倒覺得，那種狂熱的破壞行為效果不大，也不能持續很久。教宗沙彬繼位之後，就修復了以前的古物。

天球的運動和變化，不適合在這裡深談。世界如能維持千千萬萬年，那柏拉圖的夢想也是會實現，地球將回到創世時的位置。不過，人也不能因此死而復生，只是世界會重新開展而已。時光倒退是某些人的幻想。他們以為，天體對人間事物的影響遍及一切。

不過，彗星對世事的確有些作用力和影響力，但人們只是凝視、仰望它們的運行，卻沒有明智地觀察其具體的影響。我們應該仔細觀察彗星的亮度與顏色，還有彗尾的指向，也可以記錄它們出現在天穹的區域和位置，持續了多長時間以及產生了哪些影響。

有一種理論，我覺得無關緊要，但也不可隨便輕忽，可稍微探討一下。在荷蘭那些低地國家，人們總是說，每三十五年，同樣的年景和天氣會再來一次，比如嚴霜、夏雨、大旱、暖冬和涼夏，他們稱之為「復始」。我會提到這一點，是因為從過往的資料看，的確有自然現象符合這種說法。

自然變化先談到這裡，下面來說一說人間事吧。

人事中最大的變易，是宗教和教派。它們就像星球的軌道一樣，決定了人的思想。真正的宗教，是「建築在磐石上」(《馬太福音》第十六章)，其餘的都會在時間的波濤上沉浮。因此，我想談談新教派產生的起因，並且提出一些建議。否則對於如此巨大的變動，一般人的見識淺薄，會看不出自己的影響力在哪。

成立已久的教會內部不和、四分五裂，神聖的傳教者道德敗壞、醜聞纏身，這些都發生在一個愚蠢、無知又野蠻的時代。這時，如果有個言過其實、行為古怪的人宣揚獨創的教理，新的教派就會崛起了。

一個教派有以下的兩個特點，就要開始害怕，因為它會傳播開來。第一，它反對或試圖取代當權者，這點民眾絕對會響應。其二，它鼓吹人們過放蕩享樂的生活。至於教會內的異端，比如古時候強調苦行的亞流派（Arianism）和現代的阿民念主義（Arminianism），它對人們的思想有很大的影響，但不會讓國家發生巨大變動，除非有政治力的介入。

新教派有三種傳播的方式：異兆和奇蹟、雄辯和智慧的言語、武力強迫。殉教行為我歸入奇蹟一類，因為那似乎超越了人性。此外，令人讚嘆的苦行和聖潔生活，也屬於奇蹟。

要防止新教派崛起，以下幾點是最好的方法。首先，教會本身要改革弊端。其次，有小分歧時要趕快協調。第三，用懷柔政策對付異議分子，不要迫害他們、引發流血衝突。第四，安撫帶頭反抗的領袖，並提出歸順的條件，比如加官進爵，否則用暴力掃蕩只會激怒他們。

歷代以來，戰爭的變革與發展也很多，主要在三個領域：戰場或戰區、武器、戰爭方式。

在古代，戰爭大多從東向西開啟，因為侵略者波斯人、亞述人、阿拉伯人和韃靼人都是東方民族。高盧人是西方民族，但就史書來看，他們入侵東方只有兩次，一次是入侵小亞細亞的加拉太，另一次是入侵羅馬。不過，我們沒有標明哪個星座是東方和西方，所以戰爭也不一定是東西交戰。但南極和北極是固定的。遙遠的南方民族來幾乎不曾侵略北方民族，但北方民族就很積極了，看來後者天生比較好戰。這也許是因為受到北半球星座的影響。也有可能是，北半球有廣袤的大陸，南半球幾乎全是海洋。最有可能是因為北方寒冷，人們即使沒有特殊訓練，也能保持體格強壯、精力旺盛。

大國或帝國分崩離析時，一定會發生戰爭。帝國強盛時到處征服，還會消滅當地的軍隊，這樣他們人民就只能依賴帝國軍隊的保護。帝國崩潰時，所有力量都消退，也走上任人宰割的命運；羅馬帝國衰落時就是這樣。查理曼大帝死後，群雄並起，瓜分了法蘭克王國。西班牙分裂的話，應該會發生同樣的事。

國家取得大片領土，或者王國合併時，也會發生戰爭。國家變得太強大，就像洪水一樣，免不了要氾濫，羅馬、土耳其和西班牙等國家都是這樣。

當蠻族不斷減少，文明人找不到謀生手段，不願結婚或生兒育女時，就不會出現人口爆炸的危機。目前幾乎世界各地都是這樣，除了韃靼族所在的地方。有大量人口的國家，要預先儲備好各種民生物資，才能可以鼓勵民眾繁衍下一代。

否則在五十年內，政府就一定要把一部分人口移到國外。古代的北方民族都用抽籤來決定移民：有些人該留在家鄉，有些人得出外闖蕩。

尚武的國家變得柔弱又嬌氣，肯定會發生戰爭。一般來說，國勢從高峰往下走時，國家已經累積很多財富。於是，它就變成可口的獵物，引誘其他國家來侵略。它反抗的勇氣已消退，促使周邊國家更想發動戰爭。

至於武器的演變，很難概括與分析，但很明顯地，這方面有復古也有新發展。可以確定的是，在印度的奧克斯拉斯城，人們知道如何使用大砲，馬其頓人稱之為雷電和魔法。大砲在中國已使用了兩千多年，這也是廣為人知的。

武器的性質和改進要點如下。第一，大砲和火槍的射程變長，所以士兵才能在遠處躲避危險。第二，攻擊力變強，所以大砲比攻城槌等古代兵器都還好。第三，便利性提高，在各種氣候下都能使用，而且要方便移動、容易操作。

戰爭方式也改變了。起初，打仗靠人海戰術就能贏，士兵有力氣和勇氣就好。交戰國約定時間、指定戰場，在平等條件下決出勝負，那時軍人不太懂排兵布陣的戰術。後來，我們才了解士兵多不如精，並學會利用地形，用聲東擊西的突襲戰術等。最後，我們還學會打仗分成不同的階段。

國家在青年時代，武功昌盛；到了中年，學術興盛，有一段時間還文武並重；到了衰落時期，興旺的則是手工藝和商業了。學術也有嬰兒期，一開始時問題都很幼稚；隨後是青年期，創意無限、但理論不成熟；再來是壯年期，有了堅持的知識基礎；最後是老年期，只能老調重彈了。

世事變遷，風水輪流轉，看太久沒有幫助，會讓人頭暈。從歷史的發展來看，許多事情一再輪迴，本文就不適合繼續談下去了。

培根金句

「教會內部不和、四分五裂，神聖的傳教者道德敗壞、醜聞纏身，這時，如果有個言過其實、行為古怪的人宣揚獨創的教理，新的教派就會崛起了。」

59 論謠言（殘篇）：為何要提防假消息？

詩人們把謠言描繪成一個怪物：有時優美雅致，有時嚴肅而意味深長。他們說：「看哪，牠有多少羽毛，下面又有多少隻眼睛，有那麼多舌頭，發出那麼多種聲音。還有，牠豎起了那麼多隻耳朵。」這些都是浮誇的說法。

還有許多極好的譬喻。有人說，謠言走得越遠，力量就越強。說牠的腳走在地上，可是頭藏在雲裡，白天坐在瞭望塔上，晚上就到處飛行。牠把發生過和沒有發生過的事混在一起，在大城市裡造成恐慌。

但最妙的是，詩人們說，巨人們和朱庇特打仗，被他消滅之後，他們的母親大地女神蓋亞一怒之下，生了謠言。毫無疑問，巨人們象徵叛逆，與引起叛亂的謠言和毀謗，確實是兄弟姊妹。但我們要馴服這個怪物、控制牠，讓牠完全聽命於你，並放去擊殺其他猛禽。這樣的事值得努力。

以上都是用詩人的語調來討論。現在改用嚴肅莊重的方式。在政治學裡面，很少學者討論謠言，其實很值得研究。因此我會談到以下幾點。

首先，謠言的力量非常強大，在所有重大事件中，它都發揮很大的作用，尤其是戰爭。羅馬將軍穆西阿努斯讓維特里烏斯垮臺的方法，就是散布謠言，說對方打算把敘利亞和日耳曼的駐軍相互對調，敘利亞的兵士聽了極為憤怒。

凱撒也很狡猾，他散布了一則假消息，說自己不再受士兵愛戴。他們每個人都擁有打敗高盧的戰利品，已經厭戰，只要回到義大利境內，就會棄他而去。靠這個辦法，龐培就鬆懈了，沒有積極備戰，結果被凱撒突襲成功。

利維婭不斷放出風聲，說她丈夫屋大維馬上就要康復了，她兒子提比略才能破除萬難、繼位為羅馬皇帝。奧圖曼帝國的大臣通常也會隱藏蘇丹的死訊，以防禁衛軍和其他軍團放肆起來，焚燒掠奪君士坦丁堡和其他城市。還有，雅典將軍特米斯托克力放出謠言，說他打算切斷波斯王薛西斯一世所建的舟橋。波斯王深怕開打後被斷後路，無法跨越達達尼爾海峽，於是急急忙忙地從希臘退兵。

類似的例子可以找到上千個，所以沒有必要一一列舉，反正隨時都有案例可觀察。因此，對於謠言，所有明哲的統治者都應注意和小心，以防背後有其他政治行動和陰謀。

培根金句

「謠言走得越遠，力量就越強。」

附錄

培根年譜

一五六一年　誕生

一月二十二日，法蘭西斯．培根出生在英國倫敦泰晤士河濱的約克府。其父為尼可拉斯．培根爵士，英國女王伊莉莎白一世的掌璽大臣；其母為安妮．庫克（尼可拉斯的續弦），她是英王愛德華六世的教師之女，精通希臘文、拉丁文。培根是八個兄弟姐妹中最小的，其中六個是尼可拉斯與第一位妻子所生。其時伊莉莎白女王已在位三年。

一五七三年　十二歲

四月，培根與胞兄安東尼一起進入劍橋三一學院。十月，正式入學。

一五七五年　十四歲

三月，離開劍橋。

一五七六年　十五歲

六月，與安東尼一起進入格雷律師學院。九月，作為英國大使阿米亞斯·保萊特的隨員前往法國。

一五七九年　十八歲

二月，父親尼可拉斯去世。三月，培根從法國回到英國。再次進入格雷律師學院。

一五八一年　二十歲

首次被選入下議院，作為康沃爾郡保西尼地區的代表。之後培根一直在下議院，代表不同選區，直到一六一八年他被封為貴族，成為上議院的一員。

一五八二年　二十一歲

被格雷律師學院認可為外席律師（Utter Barrister），即尚未取得王室律師資格的青年律師。

一五八六年　二十五歲

成為格雷律師學院的律師協會的主管委員（Bencher）。

一五八七年　二十六歲

成為格雷律師學院的法學講師（Reader）。樞密院開始在法律事務上諮詢他。

一五八九年　二十八歲

十月，獲得星室法庭（Star Chamber）書記員的候補權。這候補權還是培根向伯里男爵威廉．塞西爾（一五二〇至一五九八年，培根姨父，伊莉莎白朝的權臣）和其子羅伯特（一五六三至一六一二年）

多次求請後才獲得的。

一五九一年　三十歲

結識埃塞克斯伯爵羅伯特·戴夫如，伊莉莎白女王的寵臣，為其效力。第一次作為辯護律師（pleader）出庭。

一五九三年　三十二歲

在下議院發言反對女王加稅，失去女王歡心，被禁止面見女王。

一五九四年　三十三歲

總檢察長（Attorney-General）的職位出缺，埃塞克斯伯爵未能幫助培根求得此職位。愛德華·科克爵士任此職。

一五九五年　三十四歲

副檢察長（Solicitor-General）的職位出缺，埃塞克斯伯爵仍無法幫培根求得此職位。埃塞克斯伯爵送他一處在特威克漢姆（Twickenham）的房產作為安慰。

一五九六年　三十五歲

被任命為女王的特別顧問（Counsel Extraordinary，榮譽銜頭，非實職）。

一五九七年　三十六歲

培根追求年輕富有的寡婦伊莉莎白．哈頓夫人不成。她嫁給了培根在法律界的競爭對手愛德華．科克爵士。《隨筆集》的第一個版本出版，共十篇。這個版本在一五九七、一五九八、一六〇六、一六一二年重印。

一五九八年　三十七歲

培根因負債被捕，旋被釋。培根姨父、伯里男爵塞西爾去世，其子羅伯特接掌國政。

一五九九年　三十八歲

埃塞克斯伯爵領軍征伐愛爾蘭的叛亂，在未得伊麗莎白女王允許的情況下拋棄大軍，返回英國。三月，培根被委派參與對埃塞克斯伯爵的公訴，起訴他導致征伐愛爾蘭的大軍潰敗之罪。

一六〇〇年　三十九歲

十月，培根成為格雷律師學院的雙重講師（Double Reader）。

一六〇一年　四十歲

二月，心懷憤懣的埃塞克斯伯爵帶領武裝隨從發動叛亂，攻打王宮。叛亂很快失敗。培根再次被委派參與起訴埃塞克斯伯爵的叛國罪，伯爵被判有罪並被處決。受女王之命，起草《關於前埃塞克斯伯爵及其同謀反對女王陛下及其王國的陰謀與叛亂的公告》。

五月，培根的胞兄、曾任埃塞克斯伯爵祕書的安東尼逝世，終年四十二歲。

一六〇一年　四十二歲

三月二十四日，伊莉莎白一世駕崩。蘇格蘭國王詹姆士六世入繼英格蘭王位，為詹姆士一世。七月，培根與三百人一起被晉封為爵士，主要因為其兄安東尼一直支持詹姆士繼承英國王位。培根匿名發表文章《關於英格蘭王國和蘇格蘭王國的美滿合併之短論》，支持英格蘭和蘇格蘭的合併。合併最終完成於一七〇七年。

一六〇四年　四十三歲

六月，培根發表《因已故埃塞克斯伯爵一案受到的非難，法蘭西斯·培根爵士所作的自我辯護》一文。被任命為王家顧問。

一六〇五年　四十四歲

十月，出版重要哲學著作《學術的推進》（又譯《廣學論》，全名為《論神學和人文學科的學術的進步和推進——法蘭西斯·培根的兩卷本著作》）。

一六〇六年　四十五歲

五月，與愛麗絲·巴恩漢姆結婚。結婚時愛麗絲年僅十四歲，是一位富有的倫敦高級市政官之女。婚後沒有子女。

一六〇七年　四十六歲

二月，培根在議會多次發言，支持蘇格蘭與英格蘭合併，支持蘇格蘭人加入英國國籍。六月，被任命為副檢察長。

一六〇八年　四十七歲

替補為星室法庭書記官，一年可得一千六百英鎊收入。

一六〇九年　四十八歲

出版拉丁文著作《論古人的智慧》（*De Sapientia Veterum*）。

一六一〇年　四十九歲

六月，在國會發言，為國王的特權辯護。八月，母親安妮夫人去世。

一六一二年　五十一歲

出版經修改、擴寫的《隨筆集》第二版，共三十八篇。這個版本在一六一二、一六一三、一六一四、一六二四年重印。表弟薩利斯伯里伯爵羅伯特·塞西爾，伊麗莎白一世朝和詹姆士一世朝的權臣逝世。

一六一三年　五十二歲

十月，培根被任命為總檢察長。

一六一四年　五十三歲

一月，發文批評當時好決鬥的風氣。

一六一六年　五十五歲

五月，參與起訴詹姆士一世原來的寵臣薩默塞特伯爵羅伯特・卡爾與其夫人所犯的毒害湯瑪斯・歐佛伯里爵士一案。寫信給詹姆士一世新的寵臣喬治・威里埃（後被封為白金漢公爵），向其提出建議。

六月，被任命為樞密會議的一員。

一六一七年　五十六歲

三月，培根被任命為掌璽大臣，獲得了他父親以前的官職。改革大法官法庭。

一六一八年　五十七歲

一月，被任命為大法官，英國法律界的最高職位。七月，被封為維魯倫男爵。

一六二〇年　五十九歲

以拉丁文出版重要的哲學著作《新工具》(*Novum Organum*)，作為培根設想中規模更大的一部書《偉大的復興》(*Instauratio Magna*)的一部分(此書未完成)。

一六二一年　六十歲

一月，被封為聖・奧爾班子爵。三月，上議院判決培根犯了貪污罪。免去其大法官的職務，罰款四萬鎊，並拘禁於倫敦塔中。不久獲釋，罰款給了債主，官職仍被剝奪，但保留爵位。回到哈福德郡高漢伯里私宅。

一六二二三年　六十二歲

一月，出版他的博物學巨著的第二卷《生與死的歷史》(*Historia Ventorum*)。十月，以拉丁文出版經大幅擴寫的《論學術的推進》。向詹姆士一世請求獲得伊頓公學校長的職位，未獲允許。

一六二四年　六十三歲

寫作《新亞特蘭蒂斯》。十二月，出版《新格言集》和《詩篇》一部分的英文譯本。經濟上極為困窘。

一六二二年　六十一歲

三月，出版《亨利七世本紀》。十一月，用拉丁文出版他計畫中的博物學巨著《自然與實驗的哲學研究集》(*Historia Naturalis et Experimentalis adcondendam Philosoph-iam*) 中的第一卷《對風的研究》(*Historia Ventorum*)。

一六二五年　六十四歲

三月，詹姆士一世駕崩。查理一世繼位。四月，培根出版《隨筆集》經過再次擴寫的第三版，共五十八篇。這個版本在一六二五、一六二九、一六三二年重印。十二月，寫下了最後的遺囑。

一六二六年　六十五歲

四月九日，培根在海格特逝世。據說是因為在做實驗時著涼，得了肺炎。實驗名稱為「冷凍是否能延緩食物腐敗」。終年六十五歲。負債超過兩萬英鎊。死後不到三個星期，其遺孀即改嫁給他的一位僕從。

一六二七年

培根的著作《十個世紀的自然史》（*Sylva Sylvarum*）與《新亞特蘭蒂斯》在他死後出版。

知識叢書 1101

萬事問培根：你的人生煩惱，塵世哲學家有解方

Essays of Francis Bacon

作　者—法蘭西斯．培根（Francis Bacon）
譯　者—談瀛洲
主　編—郭香君
責任編輯—許越智
責任企畫—張瑋之
美術設計—莊謹銘
內文排版—張瑜卿

編輯總監—蘇清霖
董 事 長—趙政岷
出 版 者—時報文化出版企業股份有限公司
一〇八〇一九臺北市和平西路三段二四〇號四樓
發行專線／（〇二）二三〇六—六八四二
讀者服務專線／〇八〇〇—二三一—七〇五
（〇二）二三〇四—七一〇三
讀者服務傳真／（〇二）二三〇四—六八五八
郵撥／一九三四—四七二四時報文化出版公司
信箱／一〇八九九臺北華江橋郵局第九九信箱

時報悅讀網—www.readingtimes.com.tw
綠活線臉書—https://www.facebook.com/readingtimesgreenlife/
法律顧問—理律法律事務所　陳長文律師、李念祖律師
印　刷—勁達印刷有限公司
初版一刷—二〇二一年六月十一日
定　價—新台幣三二〇元

時報文化出版公司成立於一九七五年，並於一九九九年股票上櫃公開發行，
於二〇〇八年脫離中時集團非屬旺中，以「尊重智慧與創意的文化事業」為信念。

萬事問培根：你的人生煩惱，塵世哲學家有解方
法蘭西斯．培根（Francis Bacon）著；談瀛洲譯.
--- 初版 --- 臺北市：時報文化出版企業股份有限公司，2021.06
面；14.8×21 公分. ---（知識叢書）
譯自：Essays of Francis Bacon
ISBN 978-957-13-9004-8（平裝）

873.6　　110007637

作家榜经典文库®